筮著

潘壘——著

總序

無擾為靜，單純最美

宋政坤

記得三十年前大二那年暑假，我一個人待在陽明山，窩在學校附近的宿舍裡——避暑、看書、打球，日子過得好不愜意。那時候我瘋狂的迷上讀小說，其中最喜歡且印象最深刻的就是潘壘寫的《魔鬼樹——孽子三部曲》、《靜靜的紅河》（以上皆聯經出版）。那年暑假我糾結在潘壘筆下小說人物的內心世界裡，山與海彷彿都充滿著熱與火，劇情結構好像電影，有鏡頭、有風景，愛恨糾纏，直叫人熱血澎湃。那是我年輕時代裡最美好的一個暑假，此後就再也沒有過。總覺得那年暑假帶走我少年時最後一個夏季！那段山上讀書無憂無慮的日子，在我記憶裡總是如此深刻。

之後幾年，我一直很納悶，像潘壘這樣一位優秀的小說家，怎麼會突然就銷聲匿跡似的，再也不見蹤影？難道他已經江郎才盡？或者他早已「棄文從影」？又或者是重返故鄉，至此消逝於天涯？我抱持這樣的疑惑，直到真正遇見他本人。

那是十年前（二〇〇四年）某天下午，《野風雜誌》創辦人師範先生，很意外地帶著一位看起來精神矍鑠的長輩造訪秀威公司。當他們突然出現在辦公室時，我一時還真有點手無足措，當時我正和幾位同仁開會，小小的辦公室擠不下更多的人，開會的同仁們見狀一哄而散。我一得知坐在師範身旁的就是作家潘壘時，當下真是驚訝到說不出話來，不是矯情，真正是恍然如夢。因為有太多年了，我幾乎再也沒有聽過潘壘的消息；就像已經有太多年了，我幾乎忘掉那一個青春的盛夏！

我們好像連客套的問候都還沒開始，潘壘先生就急著問我是否有可能重新出版他的作品，而且如果能夠的話，他想出版一整套完整的作品全集。我當時才確認，潘壘八〇年代以後再也沒有新作問世。他突然丟出這個難題，我一時竟答不出話來，想到這套作品至少有上百萬字，全部需要重新打字、編校、排版、設計，這無疑將會是一筆龐大的支出，以當時公司草創初期的困窘，我實在沒有太多勇氣敢答應。對於這麼一位曾經在我年輕時十分推崇而著迷的作家，竟是在這樣一個場合下碰面，我實在感到十分難堪。在無力承諾完成託付的當下，我偷偷地瞥他一眼，見他流露出一抹失落的眼神，老實說，我心情非常難過，甚至於有一種羞愧的感覺。這件事、這種遺憾，我很少跟別人說，卻始終一直放在心上，直到去年。

去年，在一次很偶然的機會裡，我得知國家電影資料館即將出版《不枉此生——潘壘回憶錄》（左桂芳編著），秀威公司很榮幸能夠從中協助，在過程中我告訴編輯，希望能夠主動告知潘壘先生，秀威願意替他完成當年未竟的夢想，這次一定會克服困難，不計代價，全力完成《潘壘全集》的重新出版。對我來說，多年的遺憾終能放下，心中真有一股說不出來的喜悅。作為一個曾經熱愛文藝的青年，已屆中年後卻仍有機會為自己敬愛的作家做一些事，這真是一種榮耀，我衷心感謝這樣的機會，這就像是年輕時聽過的優美歌曲，讓它重新有機會在另一個年輕的山谷中幽幽響起，那不正是我們對這個世界的傳承與愛嗎？

最後，我要感謝《潘壘全集》的催生者師範先生，感謝他不斷給予我這後生晚輩的鼓勵與提攜；同時也要感謝《文訊雜誌》社長封德屏女士，感謝她為我們這個時代的文學記憶保存許多珍貴的資料；當然，本全集的執行編輯林泰宏先生，在潘壘生活的安養院裡花了許多時間跟他老人家面對面訪談，多次往返奔波，詳細紀錄溝通，在此一併致謝。

無擾為靜，單純最美。當繁華落盡，我們要珍惜那個沒有虛華、沒有吹捧，最純粹也最靜美的心靈角落。當潘壘的生命來到一個不再被庸俗干擾的安靜之境，當他的作品只緩緩沉澱在讀者單純閱讀的喜悅中，我想，一個不會被忘記的靈魂，無論他的身分是「作家」，或是「導演」，都將永遠活在人們的心中。

謹以此再次向潘壘先生致敬！

二〇一四年八月一日

目次

十三　十二　十一　十　九

1	1	1	1	1
8	6	5	3	1
3	3	5	3	5

人類，是一種懂得哭泣，了解寂寞，痛苦和悲愁的動物。所以，追求幸福和快樂，便和求生的慾念一樣，變成人類另一種與生俱來的本能了！

但，什麼是真正幸福和快樂呢？

有些人說：它們是權勢的化身。

有些人說：它們包含在榮譽之中。

有些人說：它們可用金錢去換取。

可是，人類對於愛情，始終沒有一個肯定而明確的解釋。

莎士比亞說：愛情是盲目的，不是以眼睛去看，而是用心。

郎費羅說：要得到它，先付出自己。

拜倫說：愛情是男人生命以外的一件事，卻是女人生命的全部。

拉薩爾說：愛情是兩人的利己主義。

還有許多人說：愛情是生命的花朵之蜜、愛情和咳嗽一樣不能隱瞞、愛情能征服神、愛情是青春之域的薰風……等等。

究竟什麼才是真正的愛情呢？

難道我們一定要將愛情視作虛幻那樣不神聖？或者視作一種單純的衝動那樣粗鄙？或者像疾病一樣可怕？或者當作一種弱點那樣羞愧？或者當作一種純粹的偶然那樣輕浮嗎？

我們毋寧相信瑪爾蒂諾的看法：把它當作一種秘密的急切的需要，把它當作道德的生活的基礎！因為它和死亡一樣，絕對不可避免！

一

我們這個故事的主角，正遭遇這種困難。但他的困難，並不是為權勢和榮譽。因為他已經是這個故事所發生的城市——越南海防——公認最成功最偉大的人物。羅亞德這個名字，就象徵著這個城市的歷史。他的困難，也不是為了金錢！他所經營的「羅氏企業公司」，就是最好的證明，因為他的發展，已經伸展到每一個角落，成為掌握越北經濟的命脈了。每年，他都將大量的金錢捐獻給那些慈善機關、學校和教會，他可以說從來沒有被金錢煩惱過。他的困難，也不是為了愛情，雖然他這四十五年生涯中，除了那已死去的母親，他從來沒有愛過甚至接觸過任何一個女人。不過他對此並無遺憾，女人對他的吸引力，幾乎降到最低的限度，並不比一朵花、一本小說、或者一杯咖啡更引起他的興趣。但是並不是說，他的身心有所缺陷，相反的，他卻是一個健全的充滿了自信的、同時有一個愉快心靈的中年人。他並沒有漠視或逃避過愛情，只是在他那仁慈而真純的心靈裡，從未發生過那種被人稱為愛情的感覺而已。

他所遭遇到的困難，卻是死亡！與其他人不同的是，他所面對的死亡並不是來自不知不覺之間，也不是驟然而至——它，讓他看得見，感覺得到……

這是一九五四年五月二十日的早上，海防市和以往的日子並沒有什麼兩樣。

陽光斜斜地透過街道兩旁的鳳凰木密茂的枝葉，那些美麗的花朵，一束一束的像火一般在樹頂上燃燒；那幽靜而寬闊的鋪著紅色方磚的行人道上，白衣的褓母推著嬰兒車子緩緩走過，後面跟著一對鬈毛的玩具狗；金甲蟲在飛著，發出輕微的顫動聲音，空氣像剛擠出來的牛奶一樣新鮮，帶著一股甘美的氣味。

在博杜美路上段，接近郊區的一幢小住宅裡，羅亞德先生比放在床頭几上的銅鬧鐘更準確，七點鐘還不到便醒來了。這就是他幾十年來生活上的習慣，即使是生病——其實，他這一生，彷彿還沒有真正地病過。

他的身體非常壯健，高高的個兒，堅韌的肌肉，紅潤的臉色，假如兩鬢沒有灰髮的話，看起來他只像個三十歲的壯年人。但他所戴的那副眼鏡使他老了五歲，那種莊嚴而略為有點拘謹的意態又使他老了五歲，於是，他又回復應有的年齡了。

三十年前，他只不過是一個在碼頭堆棧裡當小工的窮小子。那個時代，正是紅河航運的全盛時期，海防的內港碼頭，塞滿了載運木頭和糧食的船隻，繁亂不堪。由於他的刻苦和那過了份的節儉，三幾年功夫，他便變成幾條木駁船的主人了，後來，他以他的信譽和近乎完美無缺的德行，在社會上建立基礎，刻苦奮鬥——而成為傲視全城的「羅亞德先生」。

雖然，在事業上說，他已經成功了，但是他並沒有改變那已經成為習慣的對待自己的態度。他和當年一樣，仍然過著一種單調克己的獨身生活。他住在簡陋的小房子裡，吃粗劣的食物，穿樸素的衣服，就像一個僅足溫飽的小職員。同時，他討厭應酬和交際，與煙酒無緣，而且從來沒有接近過女人。

這天，他破例地在床上延宕了十分鐘才起床。因為那週期性的頭痛在他醒後又發作了。他不知道自己睡著之後是不是會感覺得到。

他輕輕地用手拍拍腦袋，擂痛停止了。只要頭痛停止，他又把這個「病」忘掉了，他甚至連一片阿司匹靈都不願意吃的，他認為這些成藥是騙人的東西，吃它是一種浪費。

和往日一樣，他先去淋了一個冷水浴，然後在廚房裡點燃煤氣爐，自己親自做早餐。雖然這間小房子裡，除了他還有一個老家人——一個叫做「泰叔」的退休船員，那是他在當碼頭工人時的伙伴。可是他不願意別人幫助他做這些事。

他煮了一壺咖啡，煎了兩個蛋，然後端到那間光線暗淡的小飯廳去吃。

他剛坐下，泰叔便把當天的報紙放在他的面前，然後在旁邊的椅子上坐下來。

「你昨晚沒有睡好吧？」泰叔淡淡地問，一邊替自己斟了一杯黑咖啡。

「嗯！」羅亞德先生應著。他的目光停留在報紙的大標題上——

日內瓦越南和平會議

第二次密會毫無進展

報紙角上，有一篇關於在十一日前陷落的奠邊府和守將卡斯特里將軍的報導。

他的頭突然又搐痛起來。他小心地放下杯子，突然發覺泰叔用一種關切而憐惜的目光注視著他。

「它痛一下子就過去了。」他輕描淡寫地說。

「然後再過幾分鐘，又痛一下！」泰叔不快活地接住他的話。

「難道你以前沒有頭痛過嗎？」

「當然痛過，不過不是這種樣子！」

真的，這是一種非常奇怪的症狀。最初——就是兩個月之前，奠邊府戰爭爆發之後，他開始發覺後腦時常隱隱作痛。因為他向來是絕對信任自己的身體的，所以他並未加以注意；後來，這種奇怪的搐痛一天天地逐漸加劇，直至有一天被他的秘書發覺了，便近乎強迫地找醫生來為他診治，但始終找不到真正的原因；最後才轉到以腦科出名的趙雨辰醫生那兒去，接受種種繁複的檢驗，可是依然沒有結果。

他微笑了，因為搐痛又驟然消失了。

「大概是奠邊府的關係吧，」他指著報紙說：「木材的來源中斷，我賠償了好幾筆定貨！」

這個理由是可以成立的。泰叔說：

「不管是什麼，還是應該要當心！你已經不年輕啦！」

「但是還沒有你那麼老！」他笑著回答。

早餐吃完了，時間是七點四十分。依照習慣。他用十分鐘時間穿衣服，再用十分鐘時間開著那輛陳舊的兩座「雪鐵龍」到公司去。那幾乎是絲毫不爽的，當他踏進華人街的「羅氏大樓」時，五樓頂上的大鐘總是正好敲打八下。

但，這天他穿上衣服，對著鏡子打領帶的時候，忽然有點遲疑不決起來。他望望鏡中的自己，精神略為有點萎靡，他知道那是因為昨夜沒有睡好的緣故，於是，又換上一條顏色比較明朗一點的領帶。

電話鈴響了。這是很意外的。因為他是個不喜歡應酬交際的人，所以家裡裝置這個電話，只是為了自己和公司方便連絡而已，他走出客廳，泰叔已經在接聽了。

「是誰？」他問。

「趙醫生！」泰叔回答，把話筒遞給他。

他簡略地寒喧兩句，唔了幾聲，便說：「好的，我馬上來！」

「他怎麼說？」泰叔低聲問。

「沒說什麼，」他笑笑：「還不是再檢查檢查——不過，我這一次一定要先聲明，十點鐘我要到商會去參加一個重要的會議！」

離開家之前，他吩咐泰叔替他通知莫秘書他遲一點到公司。然後，以一種平靜而喜悅的心情開車到趙醫生的診所去。

趙雨辰醫生是個矮矮胖胖的中年人，他招待羅亞德先生坐下後，猶豫半晌，終於以一種生硬而沉肅的聲音注視著他說：

「羅先生，已經有結果了！」

「哦，」羅亞德先生微微震顫一下，平靜地問：「我可以知道嗎？」

「我考慮過，」他謹慎地說：「但是由於種種原因，我認為我應該告訴你。」

「那麼你直截點說吧！」

見他這樣坦然，醫生反而不安起來。

「是……是的，不過，我希望你能夠拿出全部勇氣來聽我說這句話。」

羅亞德先生的心驟然向下沉。但他隨即強作鎮定地笑道：「你只要看看我的事業，就知道我是永遠不會缺乏勇氣的！」

「我知道，不過，這……這跟事業不同，……它關係你的命運！」

「命運？這個題目不小呀！」羅亞德先生奇怪地笑起來了，但是那笑聲是乾澀的，很快便停止了。「說吧！」他鼓勵地說：「你知道我是一個急性的人呀！」

趙醫生整理了一下思緒，終於說：

「我們已經替你找到了，它是……是癌——腦癌！」

「腦癌？」

「嗯！我們在沒有真正確定之前，是不會輕易下這個判斷的；它的確是癌。」

羅亞德先生忽然激動起來，掙扎道：

「可是，我沒有一點點癌的症候！是不是？我沒有頭暈！吃得下，喝得下，吞嚥也沒有一點困難……。」

「不過在醫學上說，也有例外的！」

醫生那種冷峻的神色，使他沉默下來。

「我很抱歉，」醫生說：「我不知道應該怎麼說。」

他低了頭，有點疲乏。

這是可能的嗎？他不斷地問自己。但答案已經擺在他的面前，不容懷疑。

「那就是說已經沒有希望了？」他茫然地問，聲音像是自語。

醫生不說話，最後，才吞吞吐吐地解釋：「除非是，你知道的，奇蹟！那種病例並不是沒有，大概十萬人之中會碰上一個吧！」

羅亞德先生深深地吸入一口氣，努力振作起來：「那麼，還有多久呢？」

「我的估計，最多只有五個月！」

「你計算得真的那麼準確嗎？」

「這是一個科學時代，我是按照你頭痛的週期率計算出來的——當然，可能多幾天，也可能少幾天！」

多荒謬的估計！羅亞德先生突然放聲狂笑起來，但隨即又頹然倒靠在沙發上。

「本來我不願意告訴你的，」醫生搓著手歉疚地說：「可是你又沒有親屬，我想，一定有很多事情等你去解決的！」

還有五個月！羅亞德在心裡不斷地重複著這句話：「還有五個月！」

二

毫無疑問的，這五個月對於羅亞德先生，是含有另一種特殊意義的——那只是把死亡的時間延長而已！

現在，他已經記不清趙醫生後來還跟他說了些什麼話，而且，也忘了自己是怎麼離開診所的。他駕著車子，速度漸漸在增加——終於記起來了。

「把一切忘掉吧，」趙雨辰這個傢伙曾經這樣說：「事業已經把你折磨夠了！而且目前這種局勢，正好是讓你把一切丟開的機會！真的，盡量地去找尋快樂吧！五個月不是一個短時間——你要知道，一個人，一生所得到真正的幸福和快樂，也許只有一瞬那麼長而已！」

他又忍不住笑起來。車子穿過一條十字街口，街上的人都困惑地望著他。

「這不是一個大笑話嗎？」他痛惡地自語道：「勸一個垂死的人去找尋快樂！真正的快樂！我和一個垂死的人有什麼分別呢？」

在街上兜了半天，他才想把車子開回公司去。停好車子，他勉力支持著，讓自己能夠和往日一樣，踏著穩重的步子上樓，走進自己的辦公室。

莫秘書照例把一些文件放在他的桌子上，然後站在一旁，聽候他的吩咐。

「你出去吧！」羅亞德先生說。

「聯合公司的譚經理已經……」

「你告訴他我有事！」

「您已經和他約好的。」

「改期——所有的約會都改期！」

「那麼十點鐘商會的會議呢？」

「你告訴他們，」他大聲說：「我不參加了！」

莫秘書帶著困惑的神情出去了，羅亞德先生過去把門扣起來。在短短的幾分鐘內，他已經想好了。他平靜地——和以前一樣，打開那個大保險櫃，把一些文件拿出來，然後坐到那張陳舊的大皮椅上，認真地立下新的遺囑。他謹慎而合理地分配自己的遺產，交代了一些還沒有辦妥的事。等到一切就緒了，他再重新檢查一遍，覺得沒有什麼遺漏，於是他小心地將始終放在抽屜內的自衛手槍拿出來，裝上子彈，上了膛，再緩緩把它舉起來……他感覺得到，槍口是冰冷的，吮吸著自己的太陽穴。他想：只要輕輕用食指扣動扳機，那麼——。

「所有的事情都解決了！」他苦澀地笑笑：「於是，他們湧進來，發覺我已經死了！於是，亂起來了，最後才想起搖電話去報警，好了，警察、檢察官和法醫都來了，一定很有趣！檢查，拍照，問口供，找線索——他們就算看見了我的遺囑，也不會相信我是自殺的！」

驀地，他在空虛而紊亂的腦子裡攫捉住一個強烈的思想，下意識地環顧四週，辦公室內的每一件傢俱，每一個飾物，甚至每一個地方，他都十分清晰地窺見他這三十年來艱苦奮鬥的痕跡……。

這就是我的一生？他困頓而感傷地想：這就是成功的結果嗎？榮譽和金錢現在對於我有什麼意義呢？

「是的，」他繼續想：「他們將會用我的名字為學校和醫院命名，紀念我這個偉大的人物；他們會在教堂裡為我的靈魂祈禱，他們會舉行一個最隆重的葬禮，棺材經過的地方都舖滿了鮮花——這樣，大概用不了多少錢！哦，用吧，我還計較什麼呢？即使地上舖滿了紅絲絨，像皇帝所走過的地方一樣，我也是花自己的錢，——最後一筆錢！而且，他們可能還給我建築一座美麗的墳墓，甚至還替我塑一座石像，樹立在內港碼頭那邊，石像下面，刻著最動聽的頌詞……這樣，我又得到了什麼呢？」他把眼睛緊閉起來：「只顯得我更愚蠢，更可憐而已！」他說。

「但是你還有五個月時間，」趙雨辰醫生的聲音突然在空間響起來，帶著點幸災樂禍的意味：「五個月有一百五十三天呀！」

「講數目字，我比你懂多了！」他大聲說：「你就算說三千六百七十二小時，又有什麼意義呢？」

「但是已經夠你去找快樂的了！」

「哼，快樂——我那天不快樂！」

「我指的是真正的快樂！你真正快樂過嗎？你不妨過去照照鏡子——看看你以前多快樂！」想了想，他緩緩地放了手槍，站起來，到門邊那面落地衣鏡前面去。

他的手仍然握著手槍，異常認真地端詳著鏡中的自己：他有一副剛毅的相貌，假如不是因為那種悒鬱而沉肅的意態，那麼他看起來還是一個精力飽滿的壯年人；他的頭髮梳得很整齊，鬍髭也修得很光潔，呈現著一片淺淺的青色；他的嘴唇是紅潤而寬闊的，假如他願意微笑的話，他便會變成一個和藹可親的人了。

現在，他看見這個人在鏡中用一種詭譎而鄙夷的目光盯著自己，使他覺得有點不自然起來，他看見他穿著一套式樣陳舊的深褐色西服，領帶也是皺褶而黯淡的，襯衣的領口，已經毛了邊；褲子沒有了皺褶，甚至在膝蓋的地方有點凸痕，略為短了一點，露出腳上那雙換過兩次底，但是泰叔仍然能夠把它擦得很亮的黑皮鞋。

「這就是節儉！」他冷冷地對著鏡子譏誚道：「從來沒有穿過一套好衣服，鞋子是最便宜的那一種，喏！那頂呢帽，別人送的，不然你也捨不得買！」他忽然笑起來：「繼續節省了去吧！現在，那些醫院和學校，慈善機關，甚至那個刻墓碑的臭石匠，都在等待你的遺產呢！」

「遺產？」他狂暴地咆哮起來，被自己的聲音所驚嚇了。

室門跟著輕輕地響了兩下，他知道一定是忠誠的莫秘書聽見了他的吼聲。

「沒有事！」他平靜地說。

然後，他又望著鏡中的自己——過去的自己，正色地說：

「聽著，我不會那麼傻！我已經學聰明了。我要在這半年內，將它們用得乾乾淨淨，連半分錢都不會賸下來！」

一個主意打定了。他走過去，忿忿地撕碎了放在桌上的遺囑，把手槍和所有的文件都放回保險櫃內，心安理得地在椅子上坐下來。

「對的，」他堅決而又帶點狡猾意味地說：「在未死之前，我要盡量地去找尋快樂——真真正正的快樂！誰都沒有得到過的！」

現在，羅亞德先生開始相信趙醫生的話了，五個月，的確不是一個太短的時間！

但是，問題並不是時間；因為它是不變的，永恒的，不能左右也不會發生錯誤的！現在的問題是：怎麼樣去找尋快樂？什麼樣的快樂？

為了這個問題，羅亞德先生曾經思索過，最後，他得到一個結論：既然他這四十五年中，從未得到過快樂，那麼，那些他從未接觸過和經驗過的事物，便應該是他正要去找尋的快樂了。

於是，他的心裡忽然得到一種奇異的滿足，一種難以形容的神秘感和快樂。因為，他覺得自己以前所對抗的，是金錢和事業，而現在的對象卻是死亡——一個世界上最頑強從來未被人類屈服過的對手。

他剛才的那種頹喪、絕望和浮躁完全散失，又回復了往日的那種平靜和矜持。雖然他很清楚，他自己已經分裂成兩個人了，但在表面上，他不願意改變這幾十年來的習慣，他不希望別人曉得他內心的那個秘密；他並不是怕這個秘密會影響「羅亞德」這個名字，而是害怕那樣會影響他不能盡情地無所顧忌地去找尋快樂。

他是一個思想精密的人，所以，這天早上他照例處理掉一些公事，再準時趕到商會去參加一個緊急會議。

會議的目的，是討論華僑對目前越北的情勢應採取的態度。當然，這是針對奠邊府失陷，日內瓦九國會議而言的；因為法國人已處於被動地位，很可能為了卸下這個背負了七年半的沉重擔子，將越北出賣給接受過莫斯科特務訓練的「結核性煽動者」——越共頭子胡志明。

參加這個會議的，都是海防工商界的華僑巨子，由於越北的經濟，始終操縱在華僑——就是這些人的手裡——所以愈加顯示出這次會議的重要性。

但，由於他們的實力都在不動產上，所以每個人對於「是否向南越遷移」這個問題舉棋不定。最後，會議並無結論，大家都要等待日內瓦會議的結果，再作下一步的打算。

其實，羅亞德先生一直都非常關懷這個問題，他覺得當前的情勢，早一天南遷，會減少一點損失。可是，今天在這個會議中，他幾乎沒有說過話——他這種不置可否的態度，當然也是這個會議沒有得到結論的原因，因為大家是以他的意向為意向的。他反而覺得他們那種緊緊張張，患得患失的樣子很可笑了。

「不管跑到那裡，」他心裡想：「時間是不會變的！」

會議散了，他已經對自己那個「找尋快樂」的計劃，定下了一個步驟。他若無其事地回到公司，用一個理由提出一筆錢，然後告訴他的秘書，說是下午有事，不到公司來了。

「如果有事，你看著辦吧！」他說：「明天我也許會遲一點來。」

莫秘書出去了。他隨即撥一個電話給泰叔：「今天晚上，我不回來了。」

「哦，」對方並沒有問他不回去的原因：「——早上趙醫生是怎麼說的？」

他頓了一下：「呃，沒有什麼！」他笑起來：「就跟你的風濕病一樣，沒有什麼大不了，醫生都是窮緊張的——我看，你還是照樣喝你的酒吧！」

沒讓對方說話，他已經掛上電話，把那筆現款塞進那只舊公事皮包裡面，懷著一種奇異而激動的心情離開了公司，駕駛著他那輛老爺車子到河內去。

三

河內離海防百餘公里，是越北的政治中心，市面比海防更繁盛。羅亞德先生雖然時常到那兒去，但是，從來沒有真真正正地遊覽過。每一次，他都是匆匆忙忙地坐「美許林」快車來，公事辦完，又匆匆忙忙地坐「美許林」快車回海防去。因此，對他來說，河內等於是一個陌生的地方，一個新的天地。

現在，他開著車子，保持著一個中等的速度。當車子經過一些鄉村時，他還特意地停留幾分鐘，像一個遊歷者一樣，對什麼都發生興趣。所以，當他的車子駛上橫跨紅河的杜美大鐵橋，進入河內市區的時候，已經是下午四點多鐘了。

由於他是善於運用頭腦的人，因此，他一路上計劃著如何去「尋找快樂」的步驟。根據以往的經驗，他知道，按照計劃進行，往往會把時間縮短——反過來說，只要計劃得好，無形中就等於把「時間」延長了。

但，什麼才是快樂呢？他又有點茫然了。這個問題，當他在辦公室決心不自殺的時候，他曾經想到過，就是那些他「從未接觸經驗過的事物」。但這句話還不夠明確——所指的是什麼事物呢？

其實，羅亞德先生用不著去想的。他雖然沒有真正地——出於自願地接觸和經驗過那些「事物」，但他是一個人，一個生活在人群中的人。他從一個碼頭工人變成一個上流社會的頂兒尖的人物，並不是閉著眼睛毫無感覺的。他看見過和聽到過，男人們那一套「墮落」的行徑——煙酒女人，吃喝玩樂；更具體一點說，就是住洋房、坐汽車、跑馬、逛夜總會、開香檳、玩女人，任意揮霍！

他的臉不自覺地紅了起來，他發覺有人用一種責備而輕蔑的目光望著他。他輕輕地乾咳一下，伸手把那面小反光鏡扳開了。

「我會和那些渾蟲一樣老練的，」他鼓勵著自己：「你瞧著吧！我以前並不是不懂，只是不屑於做而已！」

現在，主意完全打定了。首先，他要把自己變換成另一個人——不僅是心理上的改變。因為，他不再是拘謹而吝嗇的羅亞德先生了。

在市區內轉了一圈，他將車子停在劍湖湖濱的「皇家飯店」門前。

「找一個房間，」他大模大樣地走進去，向櫃檯裡面那個瘦子說：「最大的、最好的、最貴的。」

那個瘦子用他那種職業性的眼光打量了羅亞德先生一下，淡淡地、但仍然很禮貌地說：「很抱歉，已經客滿了——我們的房間，已經訂到下個月了。」

「哦……！」羅亞德先生會意地點了點頭，索性把手上那只鼓脹的舊公事皮包放在櫃檯上面，打開它，從裡面把一捆鈔票拿出來。

「那麼我也預定吧！」他說，一邊把那捆鈔票拆開：「這是我預付的房金，不知道夠不夠住一年——喏！這是你的，算我對你的賄賂！」

那個瘦子吃驚地望著被羅亞德先生塞進手裡的那疊鈔票，面上呈現出喜不自勝的神氣。顯然，那不是一個小數目。照一般的「規矩」，只要一兩張便足夠了。

「還有問題嗎？」羅亞德先生有意味地問。

那個瘦子靦腆地笑了：「讓我去看看吧？」他不順嘴地說：「如果可能的話——您什麼時候要呢？」

「就是現在，」羅亞德先生很認真地說：「我已浪費掉一分鐘了——從今天起，每分鐘對我都很重要的！」

瘦子眨眨眼睛，思索了一下，然後把一本厚厚的簿子送到羅亞德先生的面前。「好吧，」他說：「請登記，先生！」

羅亞德先生接過了他遞過來的沾水鋼筆，研究著應該怎麼填寫。那個瘦子半眯著眼，怔怔地偵伺著他。最後，他的名字欄填上「梁漢」這個化名，下面填「由北寧來」，職業是「進出口商」。

看見他擱下筆，瘦子接著說：

「還有，身份證——這裡……！」

「不能例外嗎？」

「這……這是警局的新規定，呃，時局的關係，其實也不過是例行的手續。」

羅亞德先生——不，應該說「梁漢」先生頓了頓，終於搖搖頭。「不行，」他誠實地解釋道：「我不能告訴你我是誰！每個人都有點秘密的，我只不過想在這裡找尋點……呃，這是大家都明白的。」

那個瘦子的眉心緩緩地連接起來，但他隨即又改變了主意。「好吧，」他矯飾地說：「我替您想個辦法吧！」說著，他揿揿電鈴，命令一個矮矮小小的僕役引領羅亞德先生到他的房間去。

「九〇五！」瘦子把鑰匙遞給他說。

羅亞德先生像是突然想起什麼，剛跟那矮小的僕役走，又連忙回轉身。

「不，」他看了看腕錶，自言自語地說：「我不能浪費時間，按照計劃，我應該馬上到……呃——對！先到那邊去！」

他匆匆忙忙地提著那只舊公事皮包走了。櫃檯裡的那個瘦子困惑地望著他，然後把登記簿轉過來，認真地看著。

「北寧，進出口商……。」

「我看，這傢伙有點神經病吧？」僕役說。

「可能——可能沒有！」瘦子想到口袋裡那份給得太不近情理的小賬，眉頭又緊緊地皺起來。

四

越南初夏的黃昏很長，但，天還沒有黑，河內市已經到處燈火輝煌了。

「皇家飯店」九樓那間包括有一組五間的豪華大套房裡，羅亞德先生已經變成另外一個人。

剛才離開飯店之後，他就在附近那家「波達公司」裡買到他所需要的每一樣東西。「波達公司」的規模是遠東聞名的，最新型的歐洲跑車，單翼的小飛機，陳列在大櫥窗裡，裡面分門別類，無所不備，就像一座小城市。在服裝部，他選了一套現成的上等質料的西服，暫時穿著。依照那位熱心的店員的設計，他還加工趕製了一大批衣服：包括晨衣、睡袍、夜禮服、運動服、吸煙服和配合各種色調的便裝。其餘的東西，如襯衣、領帶、鑲鑽的領針和袖扣、全套金質打火機和煙盒、名貴的手錶、白金的掛鍊、手帕、鞋襪等等亦購置齊全，無一遺漏。

現在，他對著鏡子打量著——他真的有點懷疑鏡子裡面的那個人就是自己了。那是一個衣冠楚楚的高貴的紳士，他舉舉手，轉轉身，覺得的確有點器宇不凡。

忽然，他把那副寬邊的平光眼鏡取了下來，用手撥了撥梳得平平整整的頭髮。

「這樣就完全不像了！」

於是，他又動手修飾起來。最後，他再細察一遍，認為無懈可擊了，便小心地跨過滿地的紙盒，拿起放在小几上的帽子和手套，走下樓去。

「晚安！」他用法語向櫃檯裡的那個瘦子招呼著。

「晚安。」瘦子訥訥地回答。

走出飯店，他瞟了圓場角上那輛老爺汽車一眼，正在猶豫不決的時候，一輛黃色的出租汽車已經在他的面前停下來。門開了，他坐了進去。

這輛出租汽車的司機是一個臉色紅潤的小胖子，像是從生下來開始，便沒有遭遇過什麼不如意的事似的。車子開動之後，他就自作聰明地用越南話問：

「先生，紅蝦還是青塔？」

羅亞德一時聽不懂他在說什麼。

瞟了反光鏡一眼，看見客人並沒有反應，司機繼續說：「那麼是藍狐狸？」

「我不懂你在說什麼？」羅亞德先生忍不住問了。

「您不是要上夜總會嗎？」

「哦！」他早就該想到那些夜總會的名字，於是他掩飾地笑笑：「你的反應真快！」

小胖子司機滿意了，有點不好意思地擺擺頭：「其實這是很簡單的，」他解釋著：「什麼樣的旅館，住什麼樣的客人，要到什麼地方去，大致總是這樣的！比方『東方』、『海宮』這一類旅社，客人一跳上車，總是說快一點，到黑街……」

「黑街是什麼地方？」

「骯髒地方，那是一個下流區域，連我都不要去的！」

「你很熟悉。」

「假如您也開了十幾年出租車子，您也會和我一樣熟。」小胖子忽然回過頭：「您還是沒有告訴我到什麼地方呀？」

「隨你的便，」羅亞德先生說：「我那兒都沒有去過，你帶我到那裡，我就到那裡。」

小胖子遇到過很多這一類的客人，根據經驗，這種人都是很豪爽的，他顯得更加快樂起來。

「好的就讓我做嚮導！」停了停，他問：「您第一次到河內吧？」

「等於是第一次。」

「哦，您來過的。」

「但是沒有痛痛快快地玩過。」

「你還沒有吃晚飯吧？」

「沒有，你可以陪我去吃一點。」

「啊！不！」小胖子又笑起來了：「我不能陪，我這種樣子是那裡都進不去的，你賞我一瓶紅酒就夠了！」

「紅酒！很好喝嗎？」

「我喜歡——它令人興奮！它還有很多好處……！」

車子又轉回湖濱，在一家閃爍著幾百支霓虹光管的飯店門前停下來。一個穿著白制服的男人過來打開車門，羅亞德先生下車的時候，向司機說：

「你在外面等我，我會吩咐他們送紅酒給你的！」

一個鐘頭後，羅亞德先生走出飯店，那個出租汽車司機隨即機靈地把車子開到他的面前來。

「這兒的東西不錯吧？」車子開動之後，小胖子說。

「不錯。」羅亞德先生漫聲回答。其實，他吃得很少，甚至一點也不想吃。他點了十幾樣菜，當然都是最貴的，菜送上來了，裝在細瓷盤裡，雪亮的銀器裡，但是引不起他的食慾。他只是要看看，經驗一下，花掉一些錢而已。

「你的紅酒呢？」他問。

小胖子舉舉放在座墊上的空瓶子：

「喝完了，謝謝你。」

「你還可以開車嗎？」

「我只有喝下了一瓶紅酒，才覺得清醒。」

羅亞德先生笑了。他有點後悔不和這個人一起吃飯，如同他和泰叔一起吃飯一樣，一定不會像剛才那麼乏味。同時，他還可以喝一點紅酒——剛才他也喝了，在吃魚的時候，侍者也給他送上一杯紅紅的酒，但他不知道那是不是紅酒。

「我要勸泰叔喝紅酒，」他說：「我真後悔為什麼要勸他戒酒！」

「勸誰戒酒？」

「泰叔，我的老朋友。你叫做什麼名字？」

「阮興。」小胖子說：「認識我的人都叫我做阿興，這個名字很好記。」

「是的，我也有一個朋友叫阿興，不過他姓陳。」

他們談著話，後來羅亞德先生索性坐到前面去，他覺得和阿興談話是一件很快活的事。

車子又轉到一條寬闊的、行人道旁植有法國梧桐樹的路上。「下一個節目，」阮興說：「什麼地方？」

「我說過的，一切聽你安排。」

「那麼到『紅蝦』吧！」

這個晚上，羅亞德先生聽從這位熱心的嚮導的指引，從這家夜總會到那家夜總會，現在，已經是午夜兩點鐘了，他忘了自己到底跑了多少家，阿興當然也忘了喝下了多少瓶紅酒。

但，不管是多少家，在感覺上，都是一樣的：黯淡的燈光，擠滿了人、酒、香水和雪茄煙混合的氣味，有點刺眼的亮光晃動著，音樂聲像害瘧疾似的，瘋狂、呻吟，一切是不規則的、零亂的；有很多女人，穿著衣服和不穿衣服的，扭動著、笑著，夢裡的感覺……。

羅亞德先生一點也不快樂，同時也懷疑那些在笑的人是否快樂？他有點失望，這樣坐著，跟那些看不清楚面孔的女人調笑，喝著酸澀無味的香檳，有什麼意思？

只有當他聽見拔開香檳酒瓶塞的響聲，當他看見那些白色的泡沫在噴射，當他慷慨地把衣袋裡紅色的、綠色的鈔票一把一把撒著的時候，內心中才驟然充滿一種奇異的、前所未有的激動！

一種強烈而灼熱的激動。但他知道那並不是快樂。

「太無聊了！」走出那家烏煙瘴氣的「金海馬」時，羅亞德先生痛苦地說。

阿興負疚地搔著短短的頭髮，他不知道應該怎麼樣才能使這位客人快活一點。

「你大概累了。」他試探地說。

「累？我一點也不累！」羅亞德先生喊道：「我恨不得在這半年裡面，永遠不閉上眼睛呢！」

阿興尷尬地笑笑。

「再換一家嗎？」羅亞德先生問。

「你出來了又要後悔的！」

「也許會的。難道除了夜總會，便沒有可去的地方了嗎？」

「當然有，」阿興誠摯地說：「不過，我寧可讓別人帶你到那種地方去！」

「是什麼地方？」

「反正不是怎麼好的！」

「你還是沒有說明白！」

「算了，我還是送你回飯店去吧。」

「但是我仍然可以叫到別的車子——快點，去黑街！」

「不！不！」阿興急急地說：「那種地方，我說過的，連我都不願意去！」

「那麼你還是說出來吧！」羅亞德先生要挾地說。

阿興抓著頭，他沒有想到羅亞德是一個這樣難對付的客人。他望著他，忽然覺得很可笑，自己只是一個出租車子的司機而已，他要到什麼地方，天堂也好，地獄也好，跟自己有什麼關係呢？可是，一種什麼力量卻在阻止著他，不許他這樣做。

「我真不明白，」他煩亂地說：「我曾經碰到過像你這樣的客人，一定要去！結果他一走出門口就舉槍自殺了！」

「為什麼呢？」

「輸光啦！」他擺擺手，說：「還欠了我一個晚上的車錢！」

「哦，你說的是賭場——賭錢是很夠刺激的！」

「你所找的，只是刺激啊！」

羅亞德先生想說：我所找的是快樂。但是他沒有說，他只希望馬上能夠變換一個地方，花光口袋裡的錢，把這個夜晚消磨掉。於是，他認真地向這個固執的司機說：「你放心吧，我身上並沒有帶槍，而且在我進去之前，我可以把車錢先給你結清的。」

「好吧！」小胖子司機快快地說，然後發動車子，向前急駛而去。

一路上，兩人都沒有說話。羅亞德先生呆呆地望著那黑暗而空寂的路面——車子在瘋狂地進行，時間也在瘋狂地進行，向著賭場，向著死亡，只是那麼單純。

「找尋快樂也是一件痛苦的事情！」他在心裡唸著。同時對「快樂」的期望，愈加感到迫切和焦渴。

車子轉入一個園子，在一家巨宅的階台前面停下來。羅亞德先生隔著車窗向那扇緊閉的大門望了一下，回過頭來問：「就是這兒嗎？」

「我不會弄錯！」司機不快活地說。

羅亞德先生笑了。他付清了車資，還特意地另外拿出一疊鈔票，說：

「這是嚮導費，你得收下！」

阿興不好意思起來：「我已經喝過幾瓶紅酒啦！」他說。

「紅酒是我請你喝的。」

阿興無可奈何地把錢接過來，虔誠地說：「謝謝你，希望你在這兒玩得快樂。」

「但願如此吧！」羅亞德先生吐了一口氣，跳下車，用穩重的步子走上階台。當他走到那扇深褐色的大門前時，那大門隨即裂開一條縫……。

五

那個戴著類似鴨舌帽的賭場職員，以一種熟練的動作，用那根細細的鍍銀的耙子掃過那張鋪著綠色羢布的桌面，那一堆堆紅色、黃色和白色的籌碼便被撥到他的面前去。

桌子旁邊的人緊緊地繃著臉，又開始下注……。

已經是三點一刻了，羅亞德先生換過幾張檯子，他只是隨意地跟著別人下注，而且故意放在那些沒有籌碼的數目字上，骰子在滾動，輪盤在轉，對於自己的籌碼為什麼會多起來？或者被那個人撥走？他一點也不關心。

「這又有什麼意思呢？」他問自己。

是的，這個地方的情調和那些夜總會是截然不同的。燈光很亮，人們一圈一圈地圍著，在一個長方形的大罩燈下面，雖然也有笑聲，不過往往是驟然而起，也會驟然間消失。穿著制服的侍役端著銀托盤，忙著送酒，有些人坐在牆邊的沙發上談天。從整個氣氛來說，是冷澀的，不和諧的，空間充溢著濃烈的煙味。

他開始後悔，剛才為什麼不堅持要阿興帶他到黑街去，黑街是另外一個地方！

手上的紅籌碼只賸下六個了。六個紅籌碼可以換六十個黃籌碼，或者六百個白籌碼。多少個籌碼都是沒有意義的。那些人那種緊張的神態使他困惑。他記得，他也曾經賭過錢，在堆棧的角落裡，泰叔還會玩兩手假牌呢！

但那一次他輸了不少錢——大概只值半個白籌碼吧！當莊家把四只骨牌翻開之前，他的心跳得很厲害，淌著汗，後來還難過了很久。

為什麼現在這種感覺——這種刺激，竟然一點也沒有了呢？

他茫然地離開長桌，向另一堆人走過去。當他走近時，正好有一個人要走開，於是他便把這個空隙填補起來。

那是一個大輪盤，一顆白色的珠子在「嘩啦嘩啦」地跳動著。羅亞德先生望望那逐漸慢下來的輪盤，望望那些號碼格子裡的圓籌碼，然後抬起頭，望望坐著或站在桌子四週的人，一共是六個男人和兩個女人。坐在右邊的是一個年紀在四十開外的法國女人，另外一個是越南傳統裝束的少女，她正好坐在羅亞德先生的對面。

顯然這個越南少女並不是單獨來的，有兩個越南紳士陪在她的兩邊。那年紀比較大的坐著，戴著一副墨鏡，臉孔是瘦削的，唇上留著修刮得很整齊的短髭；那站著的年紀很輕，大概只有二十四五歲，身體相當結實。輪盤停了，那顆珠子仍然沿著旁邊滾跳著，最後，陡然滑進9的凹槽裡，周圍跟著引起一陣騷動。

「九！」那個站著的年輕人興奮地叫著：「這次又是九呀！」

那位越南少女冷漠地坐著，臉上毫無表情。更多的圓籌碼被那根細細的耙子推送過來了，旁邊那個戴墨鏡的紳士替她整理，把籌碼的顏色分開，將它們堆起來。

輪盤又轉動了……。

戴墨鏡的人用很輕的聲音在少女的耳邊說話，少女掀動一下嘴角，那不是笑，甚至還帶點鄙夷的意味。她隨手把擺放在最右邊的四只紅籌碼放在9

上——顯而易見地，她並沒有經過選擇，只是9離她最近而已。

其他的人都回過頭去望她，因為她已經押過三次9了，而這次竟是四萬元。

她這種冷漠而慵懶的意態中，有一種什麼奇怪的力量在吸引著羅亞德先生呢？他不知道，他心裡只覺得，她是不同的，並不是因為她是一個女人！她和他一樣，彷彿對於那顆在跳動的小珠子、籌碼、其他的人、整個屋子，都不發生興趣，一點也不快樂。

羅亞德先生挪動了一下身體，把手上的六個紅籌碼放在9上——就放在那四只籌碼的旁邊。現在，所有的人都吃驚地回過頭來望他了。因為這是一種近乎瘋狂的賭法，9已經兩次了，根據賭場上慣用的「可能率」計算，押中的機會只有一百萬分之一。而且，他押的是六萬塊錢！但是，這位少女仍然不為所動。

輪盤轉動著，終於緩緩地停下來，小珠子繼續滾跳了幾下，聲音驟然沉寂了，幾乎可以聽得見沉重而迫促的呼吸聲——14。

大家鬆一口氣。

那根細細的耙子把籌碼撥走。這時，這位少女才緩緩地抬起頭。隔著桌枱，羅亞德先生看清楚她的臉了。她的皮膚皙白，眼睛並不太大，也許是因為罩燈的光太強烈而半瞇著的關係；下面，有一個和塑像一樣莊嚴而沉靜的鼻子，和兩片緊閉的滲著一些愁怨意味的嘴唇。突然，她接觸到他的視線了，但並沒有避開，因為他的嘴角，正浮現出一種並不是一個剛剛輸掉六萬塊錢的人所能發出的微笑。

她也笑了，但隨即又收斂了笑容，將目光投向那又開始轉動的輪盤。

羅亞德先生的生命，被一種神奇的不可抑制的強烈力量所震撼了，他陡然燃燒來，心急激地悸動著。這種感覺，是從未經驗過的，因此，使他欣喜，而又有點驚駭。

輪盤轉動著……。

她旁邊的那個戴墨鏡的男人在望他。但他不知道是不是在望他，因為他看不見他的眼睛。他想：這個男人是她的什麼人呢？丈夫？愛人？還是朋友？她為什麼這樣愁悶？這樣不快樂呢？似乎已經覺察到羅亞德先生在怔怔地注視著她，她有意無意地瞟了他一眼。那個男人又在她的耳邊輕輕地說話。然後，她帶著一種奇異的神情回過頭來望他。

羅亞德先生有意地笑笑，她的眼光馬上逃開，臉色顯得更加蒼白了。這時，他才發覺手上的籌碼已經輸光。

兌換籌碼的櫃檯，在大廳入口的轉角處，羅亞德先生本來要想叫住一個侍役去替他換的，但他終於還是親自走過去。他希望自己能藉此冷靜地想一想，這個少女為什麼會吸引他？當他又換了二十個紅籌碼，帶著那個還沒有得到解答的問題回來時，才發現她已經走掉了。但那兩個男人仍然沒有離開。

「她會回來的。」他極力安慰自己，然後隨便地下注，又連續輸了三盤。

她仍然沒有回來。他開始感到煩亂，望望那個仍然在繼續玩的戴墨鏡的男人，很想去找她。她也許在酒吧那邊，也許在休息室裡吸煙——不，她不像一個會吸煙的女人……。

突然，大廳的入口衝進來八七個拿著槍的警察。

「大家不要動！」站在前面的警官大聲命令道：「站到一邊！我們只耽擱你們幾分鐘時間！」

雖然這家賭場是公開的，但是，大家對這種情勢仍然不免有點惶惑。

警官只帶著兩個人，順著賭枱走過來。顯然，他們是在找尋什麼人。羅亞德先生瞟了那個戴墨鏡的男人一眼，發覺他正在用嘴角向那個身體結實的年輕人指示什麼，那年輕人會意地將身體緩緩地向後移動著。

「她到那兒去了？」羅亞德先生憂慮地問自己：「她跟他們是一夥的！警察也許正在找他們！」

警官緩緩巡視過來，他的眼睛忽然露出一種狡黠的光芒，乖戾地笑了：「你真能跑呀！」警官調侃地說：「害得我們追了一個晚上！」

「你在和我說話嗎？」羅亞德先生回頭望了望，然後向已經站到他的面前的警官問。

「還會和誰呢——梁漢先生！」

「我不叫做梁漢！」羅亞德先生連忙否認，但馬上便發覺自己說錯了話。

「我們當然也知道你不叫做梁漢！」警官把手上的槍揚了揚。旁邊的兩個警察馬上機警而敏捷地去搜查羅亞德先生的身體。

「哦，居然沒有帶！」警官詫異說。

「帶什麼？」羅亞德先生不解地問。

「這個傢伙！」

「哦，槍，我放家裡。」

「跟我們走吧！」警官說。

「走，到那兒去？」

「別裝傻了！你以為殺了人是賴得掉的嗎？」

「殺了人？」羅亞德先生失聲大叫起來，他開始覺到這件事情的嚴重性了。他有點惶亂地望望旁邊的人，急急地說：「你們真的以為我會殺人嗎？」

「至少你已經牽涉到昨晚在北寧發生的一件命案！」

「北寧？哦，是的，北寧……。」

「走！」警官不耐煩地揮揮手，那兩個警察便過去將羅亞德架走了。

六

「說實話吧！」

「……」

「你以為不說話，事情就可以解決的嗎？」那個眼睛裡佈滿了血絲的法國警長繼續用純粹的廣東話說：「至少你應該說出你是誰？從什麼地方弄來那麼多錢？」

羅亞德依然定定地坐著，並沒有望這位狄邦警長。

警長打了一個呵欠，咂咂嘴，把手上的煙蒂撳熄在那已經盛得滿滿的煙灰缸裡。他的眼睛，又不自覺地落在桌子的玻璃墊上——十六只紅籌碼，一只深褐色的舊公事皮包，角上已經脫線磨破了的，旁邊是一大堆大票額的越幣和百元的美鈔。

「還是說吧！」狄邦警長又打了一個呵欠。

羅亞德先生覺得奇怪，他已經這樣坐了三四個鐘頭，但一點也不覺得疲倦——只是混亂，這種倒霉的事情，為什麼會惹到自己的身上呢？他應該怎麼說？承認自己就是羅亞德，讓海防每一個人都知道？當然會知道，報紙不會放過這種千載難逢的機會！這樣一來，別人會怎麼想呢……「那麼，你算默認是殺人犯了？」

「我已經說過了——我說話，一句就是一句，」羅亞德厭煩地說：「我沒有殺過人！」

「好，沒有殺！但是你為什麼不願意告訴我們，這些錢的來源呢？」

「這是我苦了幾十年賺來的！」他想補充一句：桌上的只是九牛一毛而已。但他沒有說。

「嘿，賺來的，照你昨晚那種花法，你十輩子也賺不到那麼多錢！」警長悻悻地說：「你別把我們當傻瓜，我們已經調查過，」他隨手拿起一張紙夾，翻開它：「從波達公司算起，然後是翡冷翠飯店，點了十七個菜——差不多可以打破世界紀錄了！呃，然後，紅蝦、黑貓、銀馬車、巴拉芒、青塔……等十一家，開最貴的香檳，但是不喝！小帳出手都是一千……。」

「桌子上還有十六萬塊錢籌碼。」羅亞德先生說。

「我知道，一共買了四十萬！」警長又心平氣和地把聲音壓低：「你以為，我會相信這些錢是你辛苦了幾十年賺下來的嗎？」頓了頓，他接著說：

「而且，我還提醒你，在昨天下午五點鐘之前，你還是一個穿得寒寒酸酸的土佬，這是有人可以證明的！」

「不錯，昨天的我是另外一個人！但是這跟殺人有什麼關係呢？」

狄邦警長的臉漸漸緊縮起來了，他瞪了面前這個犯人半晌，用另一種語調說：「你既然不願意和我們合作，那麼我只好把你當作一個不明國籍和身份的非法入境者處理了！你要知道，現在是非常戒嚴時期，這個罪名，最輕也要判無期徒刑，而且幾乎用不著經過什麼審判程序的！」

羅亞德先生愕住了。因為他知道這些話並不是對他恫嚇，假如他堅持著不表明自己的身份，很可能使他們懷疑到那個上面去的。「別說無期徒刑，」他想：「只要關五個月，我就完了！」

警長似乎窺透他的心意，於是溫和地說：「我勸你還是照實說吧？」

陽光斜斜地從那扇法國式的百葉木窗的狹縫中漏進來，照在黝暗的牆上，像貼上了幾條橙色的紙條，羅亞德先生這才醒悟，第二天已經開始了——現在，他只賸下一百五十二天了！昨天，他所尋找到的是什麼呢？沒有！什麼都沒有！而且充滿了墮落、愚昧、荒謬而瘋狂。他開始後悔自己所做的每一件事……。

「還是回去做一個正常的人，」他向自己說：「安安靜靜地等待那個日子到來吧！死，既然是人生所不能避免的，有什麼可怕的呢！」

「說吧！」警長慫恿地說。

羅亞德沉吟了一下，終於抬起頭說：「好吧，讓我告訴你吧！」

警長驟然緊張起來。

「但是在我說出我的身份之前，我有一個條件。」

「只要是我們辦得到的。」

「不難，因為這是我不願意讓別人知道的秘密。」

「好吧，」警長伸了伸右手：「我答應你！」

羅亞德先生深深地吸進一口氣，說：

「我是……」

電話鈴陡然響起來……

狄邦警長拿起話筒，先報了名，笑起來。顯然對方是一個熟人。然後，

他用心地聽著，斜睨著羅亞德先生。

「你真的不會弄錯嗎？」最後他說：「——好的，我馬上下來！」

放下話筒，他隨即站起來，對那個一直站在羅亞德先生後面的越南警

員說：「我出去一下馬上就回來。」說著他急急忙忙地走出辦公室，到樓下去。

看見狄邦警長走進會客室，那位經常在法院和警局走動的名律師吳文丙連忙迎上來：「你不妨對對看，」律師將一份畫報攤開，指著其中一頁向警長說：「我絕對不至於連自己的主顧都忘記的！」

那是一份兩個月前出版的舊畫報，上面刊有羅亞德先生參加北越經濟會議時的圖片，印刷得非常清楚。

「他只是脫掉眼鏡，換了髮式和服裝而已！」

「……」警長困惑地說：「他為什麼不肯說呢？」

「這個理由很簡單，」律師解釋道：「你想，假使你是他，你會讓別人知道你跑到河內來荒唐嗎？」

狄邦警長點點頭，疲乏地問：「你要上去見他嗎？」

「算了，」律師回答：「我還是在車上等他吧，見面反而弄得大家都尷尬。」

「也好。」警長說，然後回到他自己的辦公室去。就在他還沒有找到什麼適當的字眼解釋這件事時，羅亞德先生已經開口了。

「我本來不應該瞞著你們，」他說：「我……！」

警長連忙截住他的話：「不，羅先生……！」

「你怎麼知道我姓羅？」

狄邦警長歉疚地低下了頭。因為這個「疑犯」，即使是保大皇帝和法蘭西殖民政府的總督和他談話，也是恭恭敬敬的。他慶幸自己在審訊的時候，沒有做出什麼過份的事。

「呃……！」他困難地解釋道：「我不知道應該怎樣向您道歉！因為這是一個誤會——胡志明的危險份子不斷地滲透進來，我們不得不提高警覺……。」

「哦，你已經知道了！」

「是的，現在我為了自己的疏忽向您致歉！」說著，他連忙把玻璃墊上的鈔票和那一疊紅籌碼塞進那只舊公事皮包裡，雙手遞給羅亞德先生：「這是我們在旅館裡搜來的，您的律師在車上等您。」

「律師？」

「吳文丙，您的法律顧問。」

羅亞德先生想不起吳文丙究竟是誰？而且他也沒有聘過姓吳的法律顧問。他跟著狄邦警長下樓，走出警局大門的階台。警長向他伸伸手，表示接他的車子就在下面，然後很禮貌地向他敬禮。

「再見。」羅亞德先生用法語回答。

停在路邊的那輛華貴轎車的車門打開了，羅亞德先生走過去，發現坐在裡面的人是一個從來沒有見過的陌生人。

「請進來吧！」吳文丙律師說。

羅亞德先生回轉頭，發現狄邦警長仍站在階台上，於是無可奈何地跨進車子。

七

車子離開鬧市，駛向郊區。

羅亞德先生實在忍不住了。從跨上這輛車子開始，這個臉色黃得像害了黃疸病似的中年人——吳文丙律師，便始終沒有真正回答過他的問題。起先，他曾經禮貌地和他寒暄，希望能夠從他的話裡問出一點究竟，可是律師總是含糊地說：「你馬上就可以知道的。」

「你為什麼不現在就告訴我呢？」

「那樣會更有趣一點。」

「有趣，當然有趣！」羅亞德先生生起氣來了：「老實說，我並不認識你！」

「當然，」律師狡猾地笑笑：「那有什麼重要呢？我將你救出來卻是事實！」

「救我？」羅亞德先生大聲叫起來：「你以為我犯了什麼罪？」

「你應該比我們更明白吧！」

羅亞德先生說不出話了。他忽然想起這可能是那個警長的詭計。他們會怎樣擺佈他呢？帶他到那裡去呢？那個戴著一頂黃色法國帽子的司機專心地駕駛著車子，像是他們早已吩咐過要到那兒去的。

經過一段難堪的沉默，羅亞德先生實在忍受不住了，向窗外望望，然後責難地向律師說：「你們究竟打算怎麼樣呢？」

「這不是我能夠答覆你的問題，」律師淡淡地回答：「我已經說過了，你馬上就會知道你是多麼幸運的！」

「嘿，太幸運了！先是『殺了人』，然後再被別人『綁架』！」

「你不能說是綁架，我的手槍始終沒有拿出來呀！」律師笑著拍拍左胸——他的手槍可能掛在裡面：「假如不是大哥看中了你，我們才懶得管你的死活呢！」

「你說『看中了我』是什麼意思？」

律師並不回答他這句話，只說：「這就是我說你幸運的原因啦！」

羅亞德先生沉靜下來，想了一想。對了！他低聲向自己說：他們一定是匪徒，因為發覺了自己的身份，才趁機綁架的。

他雖然沒有被綁架過，但是曾經接過不少恐嚇勒索的信和電話，有一天，警察還在他的寓所附近捉到一個攜有武器的歹徒，讓他飽受虛驚。現在，他愈想愈覺得這個可能性很大，此外，似乎沒有什麼更合理的理由了。當然，剛才這個傢伙所說的「大哥」，就是他們的首領，他們要將他弄到一個什麼地方，軟禁起來，然後強迫他寫親筆信，命令公司送錢到什麼地方贖票——這種事情，他在偵探雜誌上時常讀到。他還記得很多這一類的故事……。

但，他忽然又笑起來。這只是自己的神經過敏——一夜沒有睡過的人，總是這樣的，雖然現在他仍然一點也不感覺到疲倦。他想：這傢伙打電話給警長的時候，自己是聽見的，他和警長是很熟識的朋友，總不至於是個匪徒吧？可是，他仍然不願意跟隨他們到什地方去。

「讓我下車吧！」他要求道。

「當然要讓你下車的，」這個臉上長滿了面皰的律師，乖戾地說：「但不是這個地方！」

「你以為我不敢跳出去嗎？」羅亞德先生試探地說。

這傢伙馬上拔出手槍——一枝槍管很短的小號左輪手槍。「你還是安份一點的好，」他把身體靠到另一邊，使兩個人之間有點距離，然後生硬地說：「你只要一碰那個門把，你的腦袋便會開花！我對於自己的槍法是很有把握的！」

羅亞德先生忽然想到，昨天早上自己也曾經用手槍對著自己的太陽穴，那不是一件很滑稽的事情嗎？於是他笑起來——因為現在他又面對著「死」，所以他不由自主地笑起來。「好啦，」他說：「現在就像綁架啦！」

「那是因為你要這樣的！」

「要我把手舉起來嗎？」他記得有一篇偵探小說裡，那個叫史蒂夫的私家偵探也這樣說過。他最喜歡史蒂夫，因為他辦案的時候，總是滿不在乎的，尤其是碰到那些壞女人的時候。

「用不著！」律師冷冷地說。

那麼，我可以抽一枝煙嗎？史蒂夫總是這樣說，然後，出其不備，一拳兜了過去，把對方的牙齒打落幾顆！不過羅亞德先生並沒這樣做，他望望這位「匪徒律師」一眼，又望望那黑黑的〇・三八口徑的槍口，他知道他在想什麼。一個人要做什麼或者不做什麼，是很容易從他的眼睛中看出來的。

「我並不想這樣對待客人，」律師陰森地說：「你如果不再那樣的話，我可以把槍收回的。」

「好吧！」羅亞德先生想，那總比被槍對著好過些。

律師把手槍放回衣袋內。但，他的右手仍然做出戒備的姿態。他說：

「老實說，我們花了好多功夫才得到你，當然也不會輕易地把你放過的！」

「哦！」羅亞德先生現在有點明白，他拍拍那只放在他們之間的舊公事皮包，說：「你們的目的，只是為了這些錢？」

「你只猜對了一半！」

「也要我的人？」

「那只有看你願不願意和我們合作！」

車子在一個高高的石圍牆的園門前停下來，司機揿了兩下喇叭，那兩扇鏤花的大鐵門打開了，車子開了進去……。

這個園子的氣派和那家賭場差不多，前面是一個很大的花園，一幢並不太高的紅樓房隱現在幾棵大樹的後面，增加了它的神秘意味。

車子剛剛在黝暗的門廊下停住，車門已經被一個穿著越南舊式服裝的男人打開了。這傢伙顴骨很高，臉的形狀像一個沒有水份的乾橄欖。

「早安，先生。」他用越南話說，是越北山區的土音。

「請下車吧。」律師說，同時，伸手去提起那只舊公事皮包。

羅亞德先生遲疑了一下，下了車，那個橄欖臉的男人做了一個手勢，示意要他們跟著他進屋子裡去。

他們走過一條地上鋪著潔亮的花瓷磚的長廊，進入一間寬大的客廳裡。客廳裡沒人，擺設著大而舊式的傢俱，像一座被盜掘過的墓穴一樣寂靜。

「請坐！」走在前面的那個人，回過身來說。

羅亞德先生和吳文丙律師在一張長沙發上坐下來，那個橄欖臉的男人便走進右邊那扇通往內室的門裡去了。

「這兒一定是他們的秘密機關，」羅亞德先生打量著四週，心裡想：「的確是一個很理想的地方，別說綁架，就是爆一顆炸彈，外面也不會知道的！」突然，他發覺坐在旁邊的律師望著他在微笑。

「這個地方很理想吧？」律師問。

羅亞德先生沒有回答，因為這時內門開了，他看見一個身體瘦長，穿著一件紫色綢質晨衣的中年男人走進來。

「大哥，」律師連忙站起來，邀功似地說：「我已經把人帶來了！」

「歡迎歡迎！」這個被律師稱為「大哥」的中年男人矯飾地用越南話向羅亞德先生說：「請你原諒我沒有親自到警察局去！而且和那些人打交道，

吳律師比較內行一點。」

羅亞德先生不得不站起來。他含糊地應著。

「請坐，」大哥擺著手：「隨便坐！」

就在這個時候，羅亞德先生才驟然明白自己對這個人很面善的原因，而他也似乎覺察到了。

「我們在昨晚——應該說是今天早上見過面的，」他搖了搖手上的那副墨鏡，笑著說：「只是沒有正式介紹過！」

「是，是的，我記起來了！」羅亞德先生說。他記得和他在一起的，還有一個神情幽怨的少女，和一個身體結實的年輕人——但他想不起來，當他被捕的時候，那個少女是不是也在人群之中？

「我姓胡，」這個人接著說：「胡光——你貴姓？」

羅亞德先生愣住了，他困惑地瞟了身旁的律師一眼說：

「你……你們不是已經知道嗎……？」

這個自稱為胡光的男子笑了。他的左眼是假的，靠近眉心的地方，有一條小小的疤痕。緩緩地說：

「除了你的相貌很像一個人之外，我們對於你，知道得並不多！」

「你說我像誰？」羅亞德先生更加不了解。

「你真的不知道？」胡光重複地問：「警察局為什麼會釋放你，你也不知道？」

「他們當然會釋放我的！」羅亞德先生說。

胡光輕蔑地哼了一下，向律師擺了擺頭：「把雜誌給他看看！」他命令道。

律師隨即把那份剛才給狄邦警長看過的雜誌從內衣袋裡掏出來，遞給羅亞德先生：「你自己看吧！喏，就是這一頁！」

羅亞德先生早就看見過這份雜誌，但是，他仍然不明白他們要他看的原因。

「你看像不像？」胡光詭譎低聲問。

「像他？」

「嗯，你只要穿得蹩腳一點，戴上一副眼鏡……。」

「哦！」羅亞德先生低喊著。現在，他總算找到一點頭緒了，他想大笑，但，一個奇怪的念頭，突然使他改變了主意，是一種神秘的罪惡感，使他激動起來，那是一個難以抑制的快感，他從未經驗過的。

「這個人是誰？」他故意指著雜誌問。

「你不認識？」

「我只認識『錢』！」他又問：「他是幹什麼的？」

「海防的心臟！第一號人物！」

「呵……！」羅亞德假裝吃驚地再仔細地拿起雜誌來看：「唔，有點像！」他抬起頭：「所以，你看中了我——在賭場的時候你就看中了的！」

「嗯，你很機警！」胡光有意味地說：「但是你看中了我們的人，卻表現得太露骨了！」

「我看中了誰？」

「茉莉！」

「哦，你是說坐在你旁邊的那個女孩子。」

「你不會否認吧！」

羅亞德先生大模大樣地笑了。他幾乎就在模仿史蒂夫落在匪徒手上時的腔調：「這就是我的缺點，」他說：「你絕對不能讓我看見漂亮的女人！你們知道的，只要讓我看見了……。」

「你就要弄到手！」胡光接住他的話：「就像這一次你在北寧幹的一樣！」

「北寧？哦，你們已經知道了！」

胡光得意地瞟了律師一眼，又把剛才的話題拉回來：「如果你真的對茉莉有興趣，我願意割愛。」

「真的那麼慷慨？」羅亞德先生認真地說：「不，你還是說出交換條件吧！」

「我們合作！」胡光眨了眨那隻（右邊的一隻）銳利的眼睛：「你非合作不可的！」

「當然！從目前的情勢來看，我只好識相點了——但我先要瞭解你們的計劃，你們知道，誰都不願意去作沒有計劃的事，尤其是幹我們這一行的。」

「這你可以信任我，假如我們沒有計劃，你現在可能已經在監牢裡了。」

羅亞德先生點點頭，試探地問：「那麼，你們準備怎麼辦呢？要我冒充他，混進他的家裡去，開他的保險箱？」

「我們才不做這種偷鷄摸狗的小買賣哩！」

「不！是一件很大的，而且是有計劃的。」

「哦，還是宗大生意？」

「對你來說，是生意！但是對我們卻是任務！」胡光正色地說：「其實是一樣的，你我都有好處。」

羅亞德先生想了想，知道目前不是探索真相的時候，但他直覺地意識到，他們的背景並不單純。於是，他大模大樣地說：

「很好，除了共同的利益，我們各不相干——可是我仍然不明白，你們既然並不十分了解我的底細，怎麼敢放心和我合作呢？」

胡光陰詐地笑起來了，那隻假的左眼像一隻貓頭鷹的標本似地瞪著。

「你不是說，除了共同的利益，我們各不相干嗎？」他頓了一頓說：

「而且，這是很明顯的，我們能夠把你從警察局裡弄出來，當然也可以把你弄進去的。」

「我明白！」羅亞德急急地說：「但是我有兩個條件！」

「你說說看。」

「第一，我向來是獨來獨往的，我不習慣被別人監視著！第二，我們的『合作』應該有一個期限。一個地方住久了，對我總是危險的。」

「第一點不成問題，」胡光一邊把眼鏡戴起來，一邊回答：「你有絕對自由。第二點，到法國人撤出越北為止。」

「撤出越北？」羅亞德先生低喊起來。

「這個時間不會太久的，」胡光說，聲音冷澀而平靜：「日內瓦會議是我們的籌碼，我們會逼著法國人放棄的。我們知道我們一定贏——奠邊府就是例子。」

現在，一切不用解釋了，羅亞德先生吐了一口氣：「好吧！」他說。

「以後你可以直接和吳律師聯絡，聯絡的方法，他會告訴你的。」

羅亞德先生望望律師，律師用一個微笑回答他：「現在還有別的事嗎？」他問。

「有！就是這些錢——放在你的身邊，太引人注目了吧？」

羅亞德先生想了想，為了要做得更逼真一點，他打開小茶几上的皮包，拿出其中的一捆越幣說：「為了表示我的答謝和誠意，只留下這一點，其餘都是你們的！」

他這一著，的確出乎胡光和律師的意外。他們愣著，他接著故作輕鬆地說：

「好了，公事完了。茉莉什麼時候給我？」

「今天晚上，八點鐘，在翡冷翠，」胡光熱切地說：「我們要為你接風！」

八

吳文丙律師的事務所，在著名的「隆遜」市場附近的一座大樓裡，和其他的律師事務所沒有兩樣。離開「大哥」之後，他帶羅亞德先生到事務所去，告訴他關於今後連絡的方法和一些細則。

「有什麼事，你只可以找我！」律師叮囑道：「我可以替你轉達！而且，要記著，一定要用公用電話。」

「你放心，我不會誤事的！」羅亞德先生回答。

「那麼你的地址呢？你不能再住在皇家飯店了，那樣，他們會以為你是真的羅亞德呢！我看你還是住到……。」

「不！」羅亞德先生連忙伸出手道：「這個由我自己決定，我會找一個安全的地方的。」

「好吧，決定了你再把地址告訴我，哦，晚上我們不是要見面嗎？我會給你弄一張羅亞德的身份證。」

「你要我從現在開始，就冒充他？」

「不，在必要的時候——現在，你仍然做你的梁漢先生吧！」

「好的，我要告辭了，」走到門口，他回過頭來半真半假地低聲說：「用不著派人跟縱我，我不會放棄這筆大生意的。」

出了大樓，羅亞德先生故意在街上兜了一個圈子，證實並沒有人跟蹤自己，然後跳上一輛街車，他不明白自己為什麼會驟然煩亂起來。世界上居然有這種荒唐的事，自己冒充自己——我不能再繼續下去，他警告自己，這簡直就是一個最不能忍受的惡作劇，跟我所找尋的快樂是毫無意義的！忽然他的頭劇烈地搐痛起來……。

「先生，到什麼地方去？」司機問。

「隨便什麼地方！」他痛苦地回答。

車子開動了，司機回過頭來笑著說：

「要我向您介紹一個地方嗎？」

「啊！」羅亞德先生吃驚地低喊道：「阿興！真是太巧了。」

「一點也不巧！」司機平淡地說：「我一直跟著您的呀！」

「跟著我？」

「您認為是假的嗎？進賭場之後，您和警察一起出來到警察局，然後，您坐上一輛黑色的車子到郊區，又到剛才那個地方……。」

「哦……！」羅亞德先生摸著額角。

「我發覺您心裡有個煩惱的問題，」等到對方抬起頭來望擋風玻璃上的反光鏡時，開車的人用深摯的聲音接著說下去：「現在看起來，問題一定相當嚴重。」

「但跟你有什麼關係呢？」

「我也不知道，也許我們有緣吧！」阿興說：「你相信嗎？這是很難解釋的。」

「可是，你並不知道我是好人還是壞人。」

「我知道你是那一類的人——我能夠幫你什麼忙嗎？」

「誰也幫不了我的忙！」羅亞德先生淡淡地回答。他覺得奇怪，為什麼昨天一整天沒有頭痛過？

「我送您回飯店休息吧，」阿興回過頭：「你一定很疲倦了。」

「不，我不想回去！」他急急地說，但他想起他那輛老爺車子，和那一套舊衣服，於是他隨即又改變了主意：「哦，回去一趟也好！」

車子到了皇家飯店，他要阿興跟他進去。賬櫃裡的那個瘦子，木然瞠視著他，像中了魔似的。他走近櫃檯，若無其事地向瘦子招呼著，他根本沒有提起警察局的那回事——他知道一定是這個傢伙密告的！他只說河內的夜晚非常神妙，可惜他馬上就要離開了，他要把房金結算一下，然後要了房門的鑰匙，乘電梯上九樓去。

進了房間，他先打了個電話給波達公司訂貨部，要他們暫時不要將其他訂製的衣物送到飯店來，他要親自去取。然後，他命令那滿臉狐疑的阿興替他收拾昨天買來的什物，他到內室去換了身上這套衣服。

當他再從內室走出來時，阿興吃驚地望著他。因為他已經變了一個人——又回復了原來那個土氣而寒酸的樣子。

「覺得奇怪是不是？」他把眼鏡戴起來，溫和地笑著問。

阿興老實地點著頭：「我真的有點糊塗了。」

「你不是說過，你知道我是那一類的人嗎？」

「我……我是這樣說過的。」

「你不是願意幫我的忙嗎？」

「是的，我願意的。」阿興說：「不過……。」

「不！先不要發問！」羅亞德先生截住他的話：「問了我也不會向你說

的——但我也不強迫你答應！」

阿興思索了一下，決然地說：「好，我答應！你說我怎麼幫你的忙吧！」

「你先告訴我，我怎麼樣才能找到你？」

「三二一二三，這是我們車行的電話號碼，您只要提我的名字就可以了。」

「三二一二三！」羅亞德先生重複了一遍，然後說：「我會記住的，——好，現在，我將這些東西存在你那兒，我要到另外一個地方去！」

「還回來嗎？」

「但願我能夠不再回來！」羅亞德先生虔誠地說：「假如我回來了，我便把這整個事情的真相告訴你！」

「好吧！」阿興無可奈何地說，提起那幾個大紙盒，跟在羅亞德先生的後面，走出房間。

九

羅亞德先生緩緩地開著他那輛老爺車子回到海防時，已經是下午一點鐘了。他先到公司，像往日一樣接見幾個客人，辦掉該辦的公事，然後提早回到家裡，蒙頭便睡。

六點鐘的時候他醒過來，渾渾噩噩地思索了好一會，才把雜亂的記憶串起來。

「第二天快要過去了！」他感傷地說，頭腦跟著又擂痛起來。他用力揉著前額，心裡想：昨天為什麼始終沒有感覺到痛啊——至少，在離開吳文丙的律師事務所之前，頭沒有痛過！

驀地，他記起胡光八點鐘在翡冷翠夜總會的約會。在回海防之前，他已經決心不再回河內，並且還為了自己能夠逃離這個可怕的陰謀而暗自慶幸。那簡直是瘋狂的，荒謬的，不可想像的。可是，現在他冷靜下來，發覺逃避是不可能的，因為他們的目的就是對付他——羅亞德！沒有他，他們仍然會做的。他們怎麼做呢？他們會綁他的架、勒索、恐嚇、甚至謀殺，他們不是說過，那是一筆「大買賣」嗎？

「不！」他堅決地向自己說：「我一定要知道，他們要怎樣對付我！」

他看看錶，已經六點一刻了，於是連忙跳了床。

「我看，你還是多睡一會吧！」看見他那疲乏的樣子，泰叔關切地說。

「我還有點事，」羅亞德先生瞟了電話機一眼，說：「你到街上去買兩瓶紅酒回來吧！」

「紅酒？」

「嗯，買貓牌的，」他淡淡地回答：「他們說紅酒是補血的，對年紀大的人最適宜。」

泰叔仍然站著。因為羅亞德先生是滴酒不進的，同時還強迫過他戒酒，所以，現在他不得不懷疑他說這些話的用意了。

「你不是在說我背著你偷酒喝吧？」老頭子低聲問。

「為什麼你要偷著喝？」他認真地反問：「我也要喝一杯呀！」

「哦……！」泰叔想到了他的頭痛病：「趙醫生要你喝的。」

「嗯！是的，」他含糊地回答：「是因為他的關係。」

泰叔走了之後，他連忙掛了一個長途電話到河內，正好阿興就在車行裡。

「你已知道我是誰了，」他說：「我現在在海防，你馬上帶著我的東西，到海陽來接我！我也同時出發！」

掛上電話，他草草地留了一張條子給泰叔，便用他所能開的最快速度，駕駛著他那輛老爺車子到海陽去。

海陽是海防與河內之間的中途站，羅亞德先生到達的時候，阿興已經等候多時了。於是，他將自己的車子停放在車站的廣場上，然後換乘阿興所開的那輛車子，繼續向河內進發。

「越快越好！」他急急地對阿興說：「只要不出事！」

於是，他開始在後座換下了身上的衣服，再跨到前座來。

「我正在打算吞沒你這些東西，」阿興打趣地說：「沒想到你這樣沒耐心！」

「我也沒想到。」羅亞德先生感傷地回答。

「你答應過我，假使你回來……。」

「你也沒有耐心啊！」

小胖子靦腆地笑了。羅亞德先生開始向他說明自己的身份，和這次在河內所遭遇的怪事，但他並沒說出自己的病，這個秘密，他不願意讓任何一個人知道的。

「哦……！」阿興吁了一口氣：「怪不得你裝得那麼神祕了！」說著他又不解地回過頭來：「但是，你既然已經知道他們是共產份子，而且又已經逃避開了，為什麼還要回去呢？」

「逃避不掉的！」他回答：「我在商業上成功的秘訣，就是爭取主動！我要知道他們要幹些什麼！」

「我認為你應該通知警察。」

「在必要的時候，我會的。」

沉默片刻，司機摯切地問：

「那麼，我能夠替你做些什麼呢？」

「你暫時只要暗中跟著我，像昨晚和今天早上一樣，等到事情有點眉目了，我們再好好地研究對策。」

事情就這樣決定了。羅亞德忽然想到茉莉——那個鬱鬱寡歡的女孩子——他彷彿又瞥見她那種冷漠憂傷的神態。她為什麼會那樣不快樂呢？她想什麼呢——當那六支紅籌碼被那根細細的耙子撥走了，他記得她曾經抬起頭來望望他，而且還發出一絲慘澹的、轉眼即逝的微笑……。

他震顫了一下，驀地從一種渾沌的意境清醒過來，似乎感覺到有一股強烈的光線照射進他那幽閉的心靈裡，他頓然警覺到一件事。

「其實，我是為了她才回去的。」他向自己說。

翡冷翠夜總會是別具風味的，它充滿著一種肉慾主義者所迷醉的浪漫氣氛——一種頹廢的墮落的情調。

羅亞德先生走進去的時候，剛剛比約定的時間遲了三刻鐘，胡光和吳律師他們已經等得有點不耐煩了。

他們坐在樂隊右邊的一個小座廂裡，當那個禿頭的總管領著羅亞德先生走過去時，胡光和吳律師同時禮貌地站起來，這時，羅亞德先生才發現昨晚在賭場見過面的青年人也在座，另外，還有一個身體肥胖的紳士。

「來，我替你介紹一下，」胡光向羅亞德先生說：「這位是這兒的阮經理，」他拍拍青年人的肩膀：「這是我的另一隻『眼睛』——范金河。」

羅亞德先生和他們握手，他發覺范金河的表情很冷淡。坐下之後，吳文丙便打著哈哈說：「我們還以為你逃掉了呢！」

羅亞德先生望望姓阮的經理，胡光馬上會意了，他低聲解釋道：「阮經理不是外人，你以後可以時常來照顧他，他這裡的小姐，都是第一流的！」

羅亞德先生陪著笑笑，也覺察到胖經理正瞇著那雙小小的眼睛在打量他，於是，轉過頭來問：「是真的嗎？」

「當然啦！」胖子說：「既然已經經過您這位名家品評，怎麼錯得了！」

羅亞德先生一時聽不懂這句話，戴著墨鏡的胡光接著說：「你忘了我們早上所談的條件？」

「哦……！」羅亞德先生低喊道：「茉莉小姐就在這兒！她呢？」

阮經理看了看錶一說：「她的節目馬上就開始了！」

燈光驟然暗下來。一盞不斷地變換著顏色的聚光燈懸在音樂台上，掌聲隨之而起，半晌，一個穿著淡紫色絲質越南服裝的女人走出厚厚的帷幔，微微向兩邊點一點頭。接著，音樂聲起了，她用低沉的聲調唱著一支感傷的曲子。她半瞇著眼睛，怔怔地望著那個發亮的地方，臉上毫無表情。當燈光變換成一種青色時，看起來有點恐怖。

「你將來不會後悔吧！」胡光把頭湊近羅亞德先生，炫惑地低聲說。

「你指什麼？」他奇怪地問。

「喏，這位！憂戀夫人——你不是要我在今天晚上移交給你嗎？」

「這樣說，以前她是你的。」

「不，」胡光認真地說：「她只屬於她自己。」

「真的防守得那麼好嗎？」

胡光搖搖頭：「問題是她根本用不著防守，你只要看她那副冷冰冰的樣子就夠了。昨晚你不是看見了嗎？連對賭博都引不起興趣的女人，你說還有什麼趣味！」

「哦……！」羅亞德先生不響了。

燈光又亮了起來，那個女人從樂台旁邊的梯級走下舞池，沿著牆邊向他們的座廂走過來。大家都跟著站起來。阮經理替她拉開一張椅子，讓她在羅亞德先生的右邊坐下來。這時，她才突然發覺他似的，怔了一下，然後馬上把目光移開。

胡光有意味地向她說：「茉莉，我要向妳特別介紹，這位就是——呃，真的，應該怎麼說？」

「無名氏，」羅亞德先生半真半假地接住胡光的話：「或者，就乾脆叫我羅先生！」

「對，就叫做羅先生好了。」

律師已經替他們斟滿了酒。茉莉舉起杯子，冷漠地向羅亞德先生點了點頭，沒有說話。「她在向你敬酒呀！」律師提示說。

「哦……！」羅亞德先生拿起酒杯，仍然是怔怔地注視著她。直至他們催促時，他才囁嚅地說：「對不起，我……是不會喝酒的！」

她忽然輕蔑地笑了，但隨即收斂了笑容：「你不會的事情，一定還很多呢！」她譏誚地說。

他們跟著狂笑起來，使羅亞德先生很狼狽：「真的，我真的不會，」他望著茉莉說：「如果妳不信，我喝給妳看！」說著，他一口乾掉杯裡的酒，隨即劇烈地嗆咳起來。

「現在妳相信了吧！」他鼓紅著臉，一邊用手絹掩著嘴，一邊說：「我說過，我是不會喝酒的！」

胡光含著一個獰惡的笑意，把酒瓶伸過來……。

對不會喝酒的人來說，第一杯酒是難下喉的，但是第二杯、第三杯就不同了。羅亞德先生忘了他已經喝了幾杯酒，他只感覺到燃燒，心中氾濫著一種神奇的、難以抑制的激情。他痴笑著，努力要把視覺的焦點集中起來，但隨即又模糊了。他曾經看見——很清晰很清晰地看見，茉莉那雙深邃的能夠窺進他心靈的眼睛，為什麼那樣憂愁呢？是的，她始終沒有說話，但是他感覺到她的目光中所包含的同情和憐惜，那近乎一種母性的愛憐……他顫慄著，默默地接受著——但是到處是高亢的聲音，在空間急速地穿梭著，胖經理的小眼睛，胡光的獰笑，那姓范的青年冷峻的凝視……。

最後，他的印象是很多擺動的耀眼的燈光，發亮的路，和一團一團在旋轉的樓梯……。

羅亞德先生醒過來是第二天的早上。

最初，他以為自己仍然陷在迷亂的夢中，他重又閉起眼睛，後來才意識到自己躺在一張柔軟的彈簧床上。他望著低低的天花板和銅床的頂架，光線很暗淡，隱約可以聽到嘈亂的市囂聲……。

「這兒是什麼地方呢？」他緩緩地移動著那比鐵砧還要沉重的頭，但，他驚駭地霍然在床上端坐起來。

因為一個只穿著一件薄薄襯裙的女人竟然就睡在他的身邊。由於這種激烈的動作，他把這個女人弄醒了，她隨即扭轉身體……。

「啊——是妳！」他驚駭地叫起來：「茉莉！」

茉莉毫無反應，她也跟著坐起來，一邊扣起那鬆脫下來的肩帶。他看見她那渾圓的肩頭，和背上雪白的肌膚，禁不住又微微地顫慄起來。他下意識地看看自己，發現身上只少了一件上衣，連領帶都沒有完全脫掉，於是鬆了一口氣。她回過身來向著他了，他急急把頭扭開。

「我怎麼會到這兒來的？」他怯怯地問。

她沒有回答。他重複一句，她才冷冷地說：「難道還是我把你拖來的！」

他悔恨地把頭埋在手掌裡：「我一定是喝醉了！要不然，我不會……。」

「但是你仍然很清醒，」依然是冷冷的聲音：「你並沒有忘記你和他們的交換條件！」

「什麼交換條件？」他急急地回過頭。

「忘了？」她露出一種苦澀的笑意，痛恨地說：「要得到我，不是你提出的條件嗎？」

「哦！我是這樣說過的。」他陡然緊張起來，於是，低促地問：「我還說了些什麼？說了些什麼？」

她鄙夷地笑笑：「放心吧，你沒有說過什麼——你只提到我！」

他鬆弛下來，顯得非常疲弱。

「我真的瘋了！」他喃喃地說：「我不該喝酒的！我不是告訴過你嗎？我是不會喝酒的！」

「那又有什麼關係呢？反正你所想要的，已經得到了！」

「什麼意思？」

「還不簡單？」她正色地說：「現在你已清醒了。你不想得到我嗎？」

「得到？」

「哼！就像你得到那些骯髒錢一樣，」她用一種詛咒的聲音凜然地說：「你所得到的，只是我這個骯髒的身體——你不會再得到什麼的！拿去吧！」

他退縮一下。現在，他明白她說這些話的意思了。

「妳……妳看錯了！」他吶吶地說：「我不是這種人。」

「我看錯了？」她動起來：「你們化了灰，我也不會看錯——你去告訴他們吧！我說的，你們是一群禽獸！我已經想過了，我不會再害怕什麼了！」

羅亞德先生驟然昏亂起來。他想向她解釋，但又無從啟口。而她卻傷心地伏在枕上哭了。他愣了一下，於是下了床，把搭在床頭一張椅子上的上衣穿了起來，然後再走到床前，懇切而愧疚地低著頭說：

「我為昨晚的事向妳道歉！是的，我承認我喜歡妳——妳不會相信，我從未喜歡過任何一個女人！雖然我是和禽獸在一起，但是，絕對沒有想到過要傷害妳！我不會是妳所想像的那種人，真的，我知道我不是……。」

她緩緩地抬起頭來注視他。

「我這次是喝醉了酒，」他繼續說：「我說過的，我不會喝酒，我希望你能原諒我，忘掉這件事吧！」說完，他像逃避什麼似的，急急地返身走出她的房間。

十

從此，在整整兩個月裡面，羅亞德先生幾乎沒有見到過茉莉。他想念著她，一想起那天發生的事情，他便感到心痛，他知道，任何解釋都是沒有用的，他的存在，就是一件荒謬的事。總之，茉莉對他的吸引，已不單純是她的美麗了！她的忿怒，被汙辱的心靈，絕望和痛苦，都變成維繫著他們的不可分的關聯了。可是他卻有意規避她，極力阻止自己到翡冷翠去，也不向關心這件事的胡光和吳文丙解釋。

他把自己分為兩個人：一個在河內，一個在海防。

在河內，他是一個身份不明的、受越共地下份子利用的危險人物，神秘而又瘋狂。他買了一輛車子和一幢相當舒適的小洋房，讓阿興辭掉車行的事，專心一意地跟隨他，因此，他成了他的侍從，秘密的保護者，得力的助手，和可以推心置腹的朋友。每個晚上，他打扮得像花花公子，流連在賭場和酒吧舞廳裡，過著糜爛墮落的夜生活；他學會了喝酒，而且時常使自己爛醉，然後由阿興把他弄回住所去。

但到了第二天早上，阿興便祕密地把他送回海防——其實只送到海防的近鄰，然後又回復了本來的面目，開著那輛停放在那兒的老爺車子到公司辦公。

他把這兩個人的生活，劃分得清清楚楚，銜接得天衣無縫，誰也沒有發現他這種奇怪的行徑。對付泰叔，他用足夠的紅酒使這老頭子永遠沒有一個清醒的頭腦去過問他的事。而那醜惡的一面呢，他用盡辦法爭取他們對他的信心：隔一些時候，他便捏造一個使別人無法不相信的事實——或者像北寧發生的那個案子一樣，他把社會上發生的一些壞事情套進他的故事裡，表示自己又做了一筆「小買賣」，然後把錢拿出來滿足他們，表示自己的忠誠。

開始的時候，胡光的另一隻眼睛，范金河曾經對他有所懷疑，但在他周密的設計之下，使他們相信了一件事：他是一個單純而有點怪癖（某一種迷信）的人，他的「單獨行動」只是他的一種習慣，他的興趣，只是如何不費力地得到錢，再毫不費力地將它花掉。

日子就這樣流過去。日內瓦九國會議拖延著，毫無結果。法國殖民政府，為了要平息國內人民的忿懣，以及結束這八年戰爭的擔負，終於卑屈地在七月一日與越共在離河內二十八里的明利開始談判。這期間，胡志明的部隊繼續猛攻興安，緊逼河內，而法軍也由西貢調派了艾雷將軍至河內任總指揮，並且在七月的中旬克復了盧林營。但，由於大勢已去，後勁不足，終於在二十日簽署了停戰協定，忍痛將北緯十六度以北的土地割讓給越共，使越南變成了第二個韓國，分成了南北兩部。

按照協定的條款，河內撤退的最後期限是當年十月九日，海防是次年（一九五五年）五月二十日。儘管越北的人民示威和罷工，越南政府的猛烈抗議分割，事實上這個悲劇已經無法挽回了。

就在法國當局宣佈撤退河內居民的第二天，海防的僑商又舉行了一次會議，研究去留的問題。在停戰協定簽署之前，曾經有些人主張南遷西貢，由於當時的局勢還沒有明朗化，同時他們在越北的資產大都是不動產，因此大家都對法國的武力多少存著一點希望。但是，現在一切都幻滅了，所以這次會議，他們幾乎一致地贊成跟隨越南政府撤退，不過，他們仍要看羅亞德先生的最後決定為依據。原因是南遷並不是一件有充份把握的事，到西貢之後，他們要面對著一個陌生的環境，重新建立基業，是相當危險的，尤其是當他們想到這些年的血汗和必然的損失，又鼓不起勇氣來了。

可是羅亞德先生卻毫無表示，除了內心中那種強烈的報復和追尋快樂的慾望，他對任何東西都沒有興趣了。當他看見這些人那種惶恐失措的樣子，他想起了河內的賭場，每個人都希望自己會贏！但贏了又怎麼樣呢？事業、金錢、榮譽，都是空虛的——他知道都是空虛的！現在，北緯十六度以北的每一個城市的命運，不也和自己一樣，被宣判了「死刑」嗎？月份、日期，最後終於會失去意義的，會毀滅掉的！

結果，這個會報仍然未有得到結論。羅亞德先生附和了另一些人的意見，主張暫時採取觀望態度，因為距離海防撤退的期限，還有整整十個月，他們可以冷靜地將河內撤退後的實際情形作為是否南遷的參考，用不著這樣草率從事。而且，那個時候，他在那裡呢？

這天晚上，他照例到河內去。這個都市雖然遭逢著有史以來最大的厄運，但是它的夜晚仍然是那麼迷人。依照習慣，他先到住所去，換套衣服，然後到外面去吃夜飯。

「今天晚上去那一家？」坐上汽車之後，他們總是這樣問。因為他喜歡到那些從未到過的地方，只有那種陌生的新奇感覺，才能使他略為得到一點滿足。

「我們到劍湖邊去，」阿興一邊開著車子，一邊說：「吃越南餐！你可以在那邊休息一下，今天你的精神很壞！」

「是的，」羅先生摸摸額頭說：「頭痛得很厲害！」

「我認為今天晚上您應該好好地休息一下。」

「是因為頭痛嗎？」他自嘲地笑了起來：「我就是因為頭痛才決心過這種生活的！」

「我不懂你這種想法！」

「將來你會懂的。」他說。不是嗎？正如趙雨辰醫生所預料，他這種週期性頭痛的時間愈來愈短，愈來愈劇烈了。他打開一罐小瓶吞了一片小小的藥丸：「用不著多久，你就懂了！」他補充道。

劍湖邊那家餐室是很幽雅的，佈置得別有風味。羅亞德先生剛坐下來，一個侍者拿著一封信到他面前來。「先生，」侍者說：「這是您的信。」

「我的？」

「是那邊的一位先生——哦，他已經走了，」侍者回過頭：「他要我送來給您的。」

那並不是一封信，只是一張摺疊著的紙條。侍者走開之後，他拆開它，上面寫著兩行很潦草的越文：「注意，他們已對你懷疑。」

這是誰寫的呢？所指的「懷疑」是什麼呢？他正在百思不解的時候，忽然看見范金河從前面向他走過來。

「啊，一個人嗎？」這個身體結實的年輕人說，嘴上帶著一股獰笑。

「我總是一個人來的，坐下來吧。」羅亞德先生回答。

「我不坐了，九點鐘大哥要見你。」

「在翡冷翠？」

「嗯，不合適嗎？」

「沒什麼——你怎麼會知道我在這兒的？」

「我只是路過，」范金河搖著手上的鑰匙：「看見你的車子，所以我想你可能在這裡。好了，待會兒見！」

羅亞德先生馬上感覺到事態的嚴重了，他們顯然已經調查過他，甚至還跟蹤他到海防去過。他又看看紙條，心裡想：他們會不會已經發現了自己的身份？他安慰著自己，因為他們可能什麼都不知道，只是懷疑而已。

吃過飯，他先和阿興商議了一下，然後到翡冷翠去。

他們早就在那兒了，茉莉也在座。他招呼了一下，發現他們的表情沒有什麼異樣，於是安坐下來，自己去斟酒。

「聽說你的酒量很有進步！」胡光淡淡地說。羅亞德看不見他的眼睛，但是聽得出他要說的不是這句話。

「我只望我能克服這個弱點，」他回答：「一個人吃醉了酒太危險了！」

「你指那一方面？」「大哥」又問。

「每一方面。」他瞟了茉莉一眼，發現她正望著他。

「可惜你的『練習費』已讓別人賺去了！」胖經理認真地說：「每晚一瓶，兩個月加起來，這個數目很可觀呀！」

「他早就對你這個地方沒興趣了！」

羅亞德先生望望范金河，他正以一種妒恨的眼光盯著茉莉，於是他喝了一口酒說：「這也算是我的弱點！我喜歡新的，一切新的！人、時間，環境，和感覺！」

「哦……！」胡光發出一聲短笑，轉動著杯子，有意無意地問：「但是我覺得很奇怪，你為什麼不對海防感到厭倦？」

羅亞德先生知道，他所等待的時刻到了。他幾乎不假思索地接住胡光的話：「因為它有特殊吸引我的地方！」

全桌人的眼光都集中在他的身上。

「的確，」他平靜地繼續說：「我很像羅亞德，我說過的，我不做沒有準備，沒有把握的事！現在，我放心了！」

沉默半晌，胡光低聲問：「你得到了什麼資料？」

「全部我們所需要的。」他說：「我對他的生活已經下了一番功夫調查，他的住所、辦公處、交往的朋友、對穿著、飲食的習慣和嗜好……等等。我敢說，我已經像了解自己一樣地瞭解他了！」

「哦……！」

「我們什麼時候才開始動手呢？」

「你已經等得不耐煩了？」

「對於這樣大的買賣，我是不會有耐性的。」

胡光點了點頭，望了其他的人一眼，說：「這就是我們今天聚會的原因。」

「我們要怎麼辦？」羅亞德先生急切地問。

「辦法很簡單，」胡光肅然說：「我們要留住他，不讓他離開越北。」

「為什麼？」羅亞德先生困惑起來。

「你應該明白！」胡光解釋道：「越北的經濟，完全操縱在那些華僑的手裡。而他在華僑社會裡是一個領導者。只要他不走，其他的人大概也不會走的！反過來說，萬一他跟他們撤到西貢去，我們得到的只是一個空虛的越北，有什麼用！」

羅亞德先生沉吟了一下，苦澀地笑笑。

「我明白你的意思了，我的一切計劃和安排都等於白費心血！」他抱怨地說，聲音裡帶有點失望：「既然這樣，我還有什麼用處呢！」

胡光摸摸他的眼鏡，陰詐地說：「這只是第一步。假使他不答應的話，我們就需要你了！」

「哦……！」

「現在，我們先實行第一步。這個工作，我們仍然交給你去辦。」

「我？」羅亞德先生不以為然地喊道：「對於這種方式，我是個外行——我看，乾脆把他綁過來算了？」

「不行，那反而會壞事！」

「但是要怎麼著手呢？我說過的，我從來沒有用過這種方式。」

「很簡單，既不危險，也不麻煩，」胡光說：「你可以軟硬兼施，一邊用電話告訴他撤離越北的利弊，你隨便向他提任何保證，只要他答應不走，一邊用行動來警告他，他當然會乖乖地就範！」

「唔，」羅亞德先生點點頭，然後貪婪地說：「辦法是不錯，不過，有一點我仍然不太明白——事情成功了，我又有什麼好處呢？」

「我們當然不會虧待你的，」胡光狡獪地向茉莉笑笑：「你應該信任我，我是最講究信義的。」

茉莉看了看手錶，隨即站起來，她說她表演的時間到了，於是拉開椅子，走出座廂。當她經過羅亞德先生的身邊時，他聞到一陣淺淺的茉莉花香。

事情就這樣決定了。胡光他們離開夜總會的時候，還特別叮囑一番，要他馬上進行。「你可以在電話裡告訴他。」「大哥」補充道：「你是越盟紅星組派來的，他不會不知道這是一個什麼組織！」

這一天晚上，羅亞德先生破例沒有喝酒，他命令阿興開著車子，隨便到什麼地方。他在後座靜靜地思索著，因為，他已經明白他們的陰謀了，他應該馬上離開這陷阱？還是繼續下去？可是，他始終不能作一個決定。他不明白自己還在期待什麼？雖然他知道那不可能是幸福和快樂，但，他堅信它一定會來的，就像那逐漸逼近的死亡必然會來一樣。

最後，已經是午夜了，他仍陷在一種迷惘的困惑的激情中。

「我們回家吧？」阿興提議道。

他不響，仍然注視著前面一個不可知的地方，用一種彷彿並不是由他發出的聲音說：

「我要到茉莉小姐的住所去。」

當羅亞德先生爬上樓梯的時候，心情紊亂而激動，他雖然急於想見到她，但又希望她還沒有回來。

他揿了兩次電鈴，門開了，開門的正是茉莉。

「啊……！」她吃驚地摸摸睡衣的衣襟，低喊道。

他沉肅地站在門外，怔怔地注視著她。半晌，她像是才清醒過來似的，吶吶地低聲說：「您……您有什麼事嗎？」

他遲疑了一下，終於摯切地說：「我是特地來向妳道謝的。」

「道謝？」

「那張條子，」他說：「上面有茉莉香水的氣味！」

她震顫了一下，驟然扭轉身體。

「我……我不懂您在說什麼！」她含糊地說，隨即把身體轉過來：「你走吧！趕快逃吧！你還在這裡等待什麼？」

「現在，我知道我在等待什麼了！」他仍然深情地注視著她。

她要想說什麼，但是沒有說出。他們互相默默地凝視著，突然，他們同時走近對方，緊緊地擁抱起來。

「茉莉！」他激動地喊道：「茉莉！」

「走吧！隨便什麼地方！」她在他的耳畔說：「這兒不是你應該留的地方！」

「你已經知道我是……？」他急急地推開她的身體。

「不管你是誰！」她黯然地說：「我只知道，你並不是我所想像的那種人，那天早上你一走，我就知道你不是了。你要找尋什麼呢？」

「快樂！」

「你真的快樂嗎？」

「我不知道！」他說：「也許我曾經快樂過，但現在我幾乎連什麼都分辨不出來了。我只知道，我愛妳、我需要妳！」

「別傻，你不值得這樣做的！」她懇求道：「走吧，馬上離開河內吧！離開這一群野獸吧！」

「妳呢？要走我們一起走！」

「我是絕對走不掉的！每一個關卡，都是他們的人。你如果放棄了這次的機會，你也和我一樣，你會後悔的。」

「為了妳，沒有什麼事是值得我後悔的，現在我更不會了！我知道我應該怎麼做。」

她忽然推開他，生硬地說：「那麼，你為了我，甘願受他們利用了？」

他搖搖頭，堅定地說：「妳放心，他們利用不了我，相反的，正是我在捉弄他們！」

「捉弄？」

「嗯，妳知道我是誰？」

「我就是他們所要得到的人——羅亞德。」他微笑著說。

「噢！不！」她驚駭地用手蒙著自己的嘴，緊張起來：「你不是他！你絕對不是他！」

「我是的，」他肯定地說：「正如你所說，他們會用盡種種辦法和手段得到我的，就算我聽妳的話逃回去了，他們會輕易地放過我嗎？所以我寧可留下來。」

「可是，遲早總要被他們發現的！」她說。

「很可能！但是自己去對付自己，總比被他們對付要安全一點吧？」

「安全？」她痛苦地垂了頭：「和他們在一起，沒有比死更安全的了！」

「不要說這個字，」他制止道：「連我都不願意說這個字！」

她靠在他的胸前，突然感到絕望而軟弱：「你為什麼要告訴我呢？」她昏亂地喊道：「你為什麼不是另外一個人呢？」

「因為我愛妳，」羅亞德先生虔誠而深摰地說：「我不知道這是不是愛，但我從來沒有這樣感覺過痛苦、神奇、而且昏亂，我愛妳，茉莉！」

十一

這齣鬧劇就在羅亞德先生心靈的醒覺與茉莉的憂慮中進行。

其實這是一件非常輕鬆的工作，幹起來毫不費力，而且有聲有色。羅亞德先生扮演著正反兩個角色，勝任愉快之至。每天，他都捏造一些「談判」的消息，同時，也提出一些確切的證據，表示「對方」也正在考慮，預示前途非常樂觀；兩個星期之後，劇情開始轉變了，於是，他口頭向對方提出警告，限定一個星期之內答覆，不然將要採取什麼什麼行動。然後，他們（他和他自己）繼續祕密地商議。他提出種種保證，羅亞德先生提出種種條件。

這樣，一個月又過去了。當「對方」的拖延政策使他和胡光這一群人忍無可忍的時候，談判終於破裂。第二天，海防和河內的報紙，便用大字標題登出這個駭人聽聞的消息：公佈羅亞德先生被越共地下人員威逼利誘的經過，同時，還用大幅的圖片刊出那顆在他——羅亞德先生的座車中發現的定時炸彈。

胡光所擬定的「第一步」，到此告一段落。這時候已經是九月的中旬了，距離河內撤讓的時期還有二十多天，而距離羅亞德先生的「死」，只有一個月。

這一天早上，他們全體聚集在郊區的「祕密總部」裡。胡光鼓著那隻充血的右眼，焦躁地在房間裡踱來踱去，其餘的人靜靜地坐著，但，大家都望著玻璃矮几上的那疊報紙。

「我所能做的，我都做了！」羅亞德先生說：「那傢伙真是一個老頑固！我看，乾脆將他幹掉算了！」

胡光轉過身體，緩緩地把手舉起來：「不！我們要給他一個覺悟的機會——最後的一個機會！」

「我們不是已經給過他無數次機會了嗎？」

「不錯，我們給過，」胡光陰鬱地解釋道：「但是他對整個越北的經濟，關係太重大了，我們應該再忍耐一下，在沒有完全絕望之前，我們仍然需要努力！」

「你準備怎麼辦呢？」

「再給他一個期限，然後幹掉一個最親近他的人——你不是說他的家裡有一個老頭子嗎？」

羅亞德先生幾乎是跳了起來：「我反對！」他大聲說。

他們奇怪地望著他。

「這樣，只是多殺掉一個人罷了！」他說：「你們想想，連定時炸彈他都不在乎，還有什麼可以嚇得倒他呢？」

「我想聽聽你的意見。」胡光用一種溫和的口吻說。

羅亞德先生頓了一下，然後露出神秘而詭譎的笑意：「我倒想到一個最完美的計劃！」

胡光以十分信任的神氣望著他。

「我得到消息，」他繼續說：「下個星期五他要到河內來參加一個會議……。」

「這消息確實嗎？」

胡光冷冷地問。

「百分之百地確實！」

「萬一他不來呢？」

「我想他沒有理由不來！因為這次會議的目的，就是要決定河內的僑商是否南遷，他一直要促成這件事！」

「唔……！」胡光的右眼漸漸瞇起來：「你想趁機會劫持他？」

「那不是一件容易的事！」羅亞德先生說：「海防的事情剛起，警察便衣一定會保護著他，寸步不離的。」

「這樣你還有什麼辦法？」

看見他們那種困惑不解的樣子，羅亞德先生得意地笑起來。

「你們的腦筋太不靈活了！」他批評道：「你們不是因為發現我像他，

才看中我的嗎？」他望了律師他們一眼，接著說：「連警察局的警長都看不出破綻，那些警衛人員當然也一樣！」他們凝神地傾聽著。

「他到河內來了之後，可能先住在旅館裡，這個會議一兩天不會結束的。好了，我可以找個機會混進他的房間去，把他幹掉……。」

「幹掉？」胡光叫起來。

「你先聽我把話說完——然後，我穿起他的衣服，變成了他，去參加會議，向大家宣佈我要留下來！」

「不行，這樣很容易露出馬腳的！」

「我可以不說話，甚至我乾脆宣佈我不準備參加這個會議！」

「那麼他的屍體呢？」

「我當然替他注射防腐劑，讓事情過去了我們再想辦法！」

胡光他們被他這個偉大而完美周密的計劃震懾住了，他們不得不佩服他的犯罪天才，他們為了「安全」的理由，胡光希望羅亞德先生在這幾天之內不要離開河內，而且最好連家門都不要走出。

「那我一定會瘋！」羅亞德先生嚷道。

律師摸摸下巴，低聲建議道：「這樣吧，你就留在茉莉那邊好了！阮經理會讓她休息幾天的。」

「怎麼樣？」胡光問。

「好吧！」羅亞德先生淡淡地回答。

十二

那個星期五終於到來了。

在這六天裡，羅亞德先生可以說沒有離開過這個小樓一步。他知道，這是他們有意這樣安排的。茉莉曾經說過他總有一天會和她一樣失去自由的，現在他相信這句話了。至於茉莉，當她明白這次事情的底細時，她不以為然地叫起來。

「你一定是瘋狂了！」她說：「你只是一個人，你不可能變出兩個人來的。」

「對啦，」他接住她的話：「這正是我玩弄他們的關鍵呀！至少，羅亞德被我殺死了，他們對他已經無能為力了！」

「那只是你的幻想！被殺死的羅亞德只是一個空虛的影子，他們可以放過他，但是你呢？他們仍然不會放過你的。」

羅亞德先生微笑起來。

「和他們一樣，」他說：「這只是第一步，我還有一個他們做夢也想不到的第二步——我這個計劃，非但是為救自己，還有妳，和全越北的華僑！」

她不再說話了。這幾天，他們雖然朝夕相對，但，她始終緘默著，極力在抑制和隱藏著些什麼。當他的凝視燒灼著她的心時，當他陷入一種痛楚的沉思中時，當他緊咬著牙忍受著那驟然而至的週期性頭痛時，她的心幾乎要碎了。她忘了自己是從什麼時候愛上這個人的，但她知道自己愛他愛得多麼深。

至於他，他曾經是一個向死神挑戰的強者，是一個命運的嘲弄者，他是勇於赴死的。可是，愈接近那個日子，他愈感到害怕了，因為他發覺——像死亡一樣肯定，他已經愛上這個女人了。他開始怯於感覺愛情的神妙和生命的可貴，每當他從那歡樂的酩酊中醒過來時，便會陡然感到萬念俱灰。他靜靜地數著流過去的時光，窺伺著她的思想，好幾次，他要鼓足勇氣，將心中的那個祕密說出來，但終於又戛然而止。

這個早上，他們一早便起來，都沒有說話，空氣冷寂得像是已經凝固起來。依照計劃，海防的羅亞德先生會在早上十點鐘到達河內，下榻在皇家飯店。因為會議是下午二時舉行，所以在十一時下手是最理想的時間。

現在，是九點三刻，羅亞德先生不斷地看著錶，然後又走近窗邊，偷偷地掀開一角窗幔向下面望，范金河仍然佇立在那地方，這幾天，他和另外兩個戴著小帽的漢子，輪流地在附近警戒著。

「阿興不會誤事吧？」茉莉憂怯地又問。

「不會的，」羅亞德先生勸慰地說：「假如沒有送到，他在四五天以前就會設法通知我們了。」

「不過，他們會不會把他……。」

「這一點，我早就想到了。那天是我自己開車子到這兒來的，他是由河道坐船到海防去的。」

茉莉忽然失聲叫起來：「來了，他們已經來了！」

他把頭湊近窗邊，看見范金河向一輛黑色的轎車走過去，隔著窗子和車裡的人說話，於是，他連忙回轉身，急急地把茉莉推到床邊去。

「快睡到床上去，假裝睡著！」他命令著，一邊替她拉過一條毛毯：「千萬要記著，我們一走，你馬上就去，一分鐘都不能耽，因為我只有一個鐘頭時間。」

「我知道，你放心……。」

「妳只要把我那份東西交給他們，他們一定會按著我的計劃做的！妳不要再回來了，妳先到海防去……。」

「那麼，你呢……？」她緊緊地捉住他的手。

樓梯響起來了。他回頭望望門口，然後再叮囑一句：「只要他們能夠照著做，我也一定能夠安全逃出河內的——妳要記著，只有一個鐘頭！」

她要說什麼，他用熱吻阻止了她。

門響了。他過去開門，進來的是吳文丙和范金河。

「他已經到了吧？」他低促地問。

「到了，」律師回答：「我們距離遠了一點，沒有看清楚，後來我用報社的名義打電話去問的。」

「哦，什麼旅社？」

「皇家，住九〇七號房間。」

「好極了，這家旅館我比較熟。大哥呢？」

「在下面，」說著，律師遞給他一枝手槍，獰笑道：「這是一枝無聲手槍，新到的，讓你來開張了！」

他把手槍小心地插進內襟的特製暗袋裡，然後提起一只公事皮包和他們一起下樓去。

車子停在這條小街的轉角處，大哥沉肅地坐在後座的左邊，羅亞德先生在他旁邊坐下來。車子開動後，他讚許地說：

「你的情報不錯！他真的來了！」

「只有他一個人來嗎？」羅亞德先生問。

「三個。」

「另外那兩個可能就是警務人員！」

「你怎麼知道？」

「我？」羅亞德先生笑了：「我跟他的性質不同，我是不放心別人，而他是要節省一點旅費——這傢伙的吝嗇是最出名的呀！」

「你仍然堅持著要獨自動手嗎？」胡光忽然冷冷地問。

羅亞德先生微微震顫一下，因為他的「計劃」，只允許他自己獨自進行的，假如加上一個，這幕戲就要拆穿了。他頓了頓，沉著地反問道：

「看樣子，你們並不信任我？」

「你別誤會，」胡光連忙解釋：「因為這次是只許成功不許失敗的，我認為多一個人策應，總比單槍匹馬可靠一點。」

「你準備派誰？」

「范金河！」

「哦，你的另一隻眼睛！」羅亞德先生有意味地望望前座那個面現得色的年輕人，一個奇怪的思想突然在他的心中閃現一下，他隨即說：「——好！不過他要聽我的指揮！」

「那當然，你是首腦！」

「不，應該說是主犯——職業兇手。」胡光看了看錶，羅亞德先生搶著說：「不過，在沒有動手之前，我們應該談談條件吧——成功了，我的報酬是什麼？」

胡光和律師互相望了望，前者說：「你的意思呢？」

「我希望先聽聽你們的，」羅亞德先生說：「他的財產至少在五億美金以上，我沒有幹過這麼大的買賣，而且，我從來沒有和別人分過贓！」

「三分之一怎麼樣？」大哥說。

他搖搖頭。

「一半一半！」

他仍然搖搖頭，滿臉不屑之色。

胡光沉吟一下：「你拿三分之二！」

他們吃驚地沉默下來。

「真的，」他繼續說：「這種生活我已經厭倦了，我要改變一下環境。我想做一個正正大大，體體面面的人——在你們的新政府裡面，給我一個職位如何？」

「職位？」

「只要一個小小的職位，只要能夠把以前的紀錄掩蓋掉就行了。」

「那太簡單了！」胡光不假思索地回答，聲音裡充溢著一種偽飾的熱情：「我可以保證，絕對沒有問題——呃，時間快要到了吧？」

羅亞德看看錶。「還早哩，」他說：「而且，我得和范金河同志安排一下！」

十一點過兩分，他們的車子在距離皇家飯店不太遠的路邊樹蔭下停下來，火熱的陽光照射著閃光的馬路，幾乎沒有一個行人。灑水車緩緩駛過，地面上升起一陣難聞的氣味。

「你先去，」羅亞德先生沉著地命令范金河道：「開一個房間，要在九樓的，然後把茶房打發走，在房門口等我。」

范金河去了，五分鐘之後，羅亞德先生先檢查手槍，然後提出那只公事皮包。

「你們暫時不要走開，」他叮囑道：「事情順利的話，我會叫范金河下來的！」

「機警一點啊！」胡光向他伸出手：「祝你幸運！」

「大家幸運！」他打開車門，用一種穩重的步子越過馬路，向飯店的大門走過去。

「但願茉莉已經達成了任務！」他默禱著，極力鎮定著自己。當他走進飯店，經過中廳旁邊的櫃檯時，他幾乎沒有勇氣向那邊望過去，他渾渾噩噩地進入電梯。

「九樓！」他生硬地說。

「是。」那個穿著白色制服的電梯司機應著，隨即扳動電梯的開關。電梯緩緩地上升了，他回過頭。

羅亞德先生劇烈地震顫一下，他發覺這個電梯司機向他古怪地笑著，他一時記不起這個人是在什麼地方見過的。他連忙把視線從他的臉上移開。

電梯到了九樓，他匆匆走出電梯。他想：這個傢伙會不會是胡光他們的人呢？突然，有人在他的肩頭上拍了一下，他還沒有來得及轉身，一隻有力的手已經把他拖進房間裡去。

「啊……！」他鬆下一口氣，原來是范金河。

「甬道那邊有人！」范金河低聲說：「他的房間，就在左面轉角的那一間。」

他們靠在門後面，屏息著呼吸，腳步聲過去了。羅亞德先生假裝有把握地說：「好了，我要過去了！當我在那邊敲三下門時，就表示已經得手，你馬上過來幫我的忙。」

說著，他伸手到內衣襟裡面，然後，踮著腳尖，用急速的碎步向甬道那頭走過去，范金河將他的房門打開一條縫，拿著手槍，躲在房門後面策應。

到了九〇七號房門口，羅亞德先生顫著手去轉動門鈕，只是輕輕地一推，門開了。他第一眼看見的就是狄邦警長，那次在警局審問過他的那個英俊的法國警官。

「噢！」他幾乎興奮得要暈厥過去，急急地問：「她呢？茉莉呢？」

「您放心，」狄邦警長回答：「我們一定按照您的計劃，將她送到海防去。」

阿興和另外幾個便衣人員已經守在旁邊了。羅亞德先生連忙接過阿興的衣服，用迅速的動作換過來，然後戴起眼鏡，弄了弄頭髮。

「倒在什麼地方？」他問。

「就在門邊吧！喏，拿著這枝槍，」警官說：「不，仰著臉，這樣可以看清楚一點！」羅亞德先生裝出一副死相，於是拿著照相機的便衣人員馬上替他拍了幾張「現場照片」。他爬起來，隨即又換過衣服。

「現在就開槍嗎？」警官問道。

「等一下，」羅亞德先生得意地說：「我要送你一份意外的禮物！」說著，他示意大家不要響，然後打開房門，用手指敲了三下，再退縮回來。半分鐘之後，門被人推開了，他猛力用槍柄在進來的人的頭頂上敲了去，范金河便應聲倒在地上。

「你們要想知道的，」羅亞德先生笑道：「他大概都知道。好了，開槍吧！」狄邦警長雙手舉槍向玻璃窗連開了幾槍，羅亞德先生隨即衝向太平梯跑去，用最快速的動作跑下了樓，沒有一個人攔阻他。在邊門出了街道，他急忙向對街的車子奔跑過去……。

「開！開！趕快開！」他跳上車，發狂地命令道。

車子一直發動著，於是馬上開走了。

「什麼事！發生了什麼事？」胡光惶惑地問。

「范金河把整個計劃弄壞了！」羅亞德先生喘息著，痛心疾首地咒詛道：「這個該死的渾蛋！」

「他的人呢？」

「人？你們難道沒有聽見槍聲？——完啦！」

「完啦！我也完啦！」胡光絕望地摸著額頭，含糊地喊道。

當天下午，羅亞德先生被暴徒刺殺的消息傳遍了整個河內，幾家晚報都用顯著的標題和圖片報導這個案件發生的經過。由於海防的勒索和炸彈事件記憶猶新，所以根據線索，很容易證實這種殘暴的事情是那個所謂「越盟紅星組」的暗殺集團所幹的。據說當時羅亞德先生正在房間裡整理一些文件，準備出席下午的僑商緊急會議，突然被一個神出鬼沒的刺客劫持了，危急間，另一個刺客莽莽撞撞地衝進房間裡來，羅亞德先生抓住這個千鈞一髮的機會，拔槍向刺客射擊，於是擊斃了其中一個，而他自己也中槍倒地。先進來的那個刺客見目的已達，便從太平梯逃逸，至少有三個人曾經親眼看見這個兇手。至於羅亞德先生，胸腹各中一槍，均在要害，在垂死之前，他的遺言是希望大家能夠從他這件事情認清共產黨的真面目，儘速撤離越北，同時，他的遺體要安葬在自由地區，做一個自由的鬼。

「這個老流氓！」胡光撕碎了報紙，像一隻野獸似地咆哮起來。

「我早就說過，他是一個老流氓——比老狐狸還要狡獪的老流氓。」還沒有死的羅亞德先生淡淡地說。

「卑鄙！齷齪！他連死都沒有放過機會——這比開會決議還要厲害呀！」

「但你們不能怪我，」兇手說：「假如不是因為范金河這個王八蛋，我這個計劃絕對會成功的！」

「成功！當然會成功！」胡光瞠視著他。

「主要的責任，是你們不信任我！」

「我們誰都不會信任！」

「好了，現在看樣子我的官也做不成了，」羅亞德先生懶散地站起來：「對於我，一個在逃的兇手，你們沒有什麼利用的價值了吧？」

「你要打什麼主意？」

「拆夥呀！生意失敗，不拆夥還幹什麼？」

胡光輕輕地哼了一下：「你當然知道我們還要幹什麼！」他乖戾地說：「我們不能讓他們誣衊和陷害我們，事實可以證明我們並沒有做出這種喪失人性的事。」

「你們想怎麼樣？」羅亞德先生問。

「馬克思說的，要利用賸餘價值！」大哥鼓著他那隻死魚似的眼睛，輕輕地把手槍從衣袋裡掏出來，對著兇手：「——吳同志，」他向呆在一旁的律師命令道：「馬上向他們提出抗議，製造事件的責任要他們全部負責，而且聲明在三天內，我要替他們把真正的兇手找出來，澄清事實的真相！」

「啊！」羅亞德先生忿忿地嚷起來：「你們這群畜生！禽獸——我死也不會饒恕你們的！」

「先生，我相信您這句話。」胡光溫和地微笑著說。

果然，事實證明共產黨是最講究信守的。第三天，他們透過「中立人士」——正直而熱心的吳文丙律師，將「兇手」交給越南政府，證明他們是無辜的。

當羅亞德先生被押解入警署時，他忽然想笑，他有生以來，從來沒有像現在那麼想笑過，也從來沒有像現在那麼驕傲和快樂過。突然，那種奇特的搐痛又來了，劇烈得使他無法承受——霎時間他有一個預感：那個日子已經到了！但，可惜趙雨辰醫生的計算並不正確，距離五個月還有三個星期……。

十三

絕對的寂靜。

羅亞德先生從沉迷中微微張開眼睛，他知道那是一個什麼世界，他幾乎已經看到藍色的穹蒼，光芒四射的殿庭，天使的羽翼，還有輕輕的幻樂……。

「這就是死亡了！」他想，因為他自己從來沒有這樣清醒過。

「我來向您致謝，」警長說：「您替我們打了一場全勝的仗！」

「啊……！」羅亞德先生平靜地答道：「那不是軍事上的——是純粹的

商業！可是我卻失敗了！」

「失敗？為什麼？」

「人已經死了！」

「死？哦……！」警長笑了：「我想您一定樂於見一個真正失敗的人，您只不過昏迷了三天而已。」

警長讓開，把位置讓給趙雨辰醫生。

「那是我的失敗！」醫生慎重地說：「或者說是科學的失敗——因為您非但沒有死，而且你的腦癌已經完全消失了。」

「消失了？」

「醫學上有過這種不能解釋的例子，一個人的意志，或者一種什麼力量，會造成這個奇蹟的！」

「哦……！」羅先生激動地喊道：「那一定是因為共產主義的關係！」

「什麼意思？」醫生困惑地問。

「我們不是有『以毒攻毒』這個說法嗎？」他說：「它救了我——趙醫生，你不妨用科學方法研究一下，我相信共產主義會治癒癌症的！」

「先生，我相信您這句話。」狄邦警長說。

羅亞德先生這個時候才想起來問：

「噢！茉莉呢？」

他那隻放在胸前的手被另一隻手按住了，他急忙扭轉來，看見這個憂愁的少女站在病床前。

「躺在棺材裡好受嗎？」

「只是悶一點，」少女溫婉地說：「不過和您一樣，我也是從死亡裡活過來的。」

「感謝共產主義吧！」羅亞德先生真摯地說。他感到臉頰有點搔癢。他知道那是淚水。忽然，他那充滿了幸福的心中，升起了一個清晰而又朦朧的意念：他已經從絕望、痛苦、和眼淚中，重新認識生命、榮譽、和愛情了。

當然，還有比一切更珍貴的——自由！

潘壘全集12　PG1187

新銳文創
INDEPENDENT & UNIQUE

第二者

作　　者　潘　壘
責任編輯　陳思佑
圖文排版　周妤靜
封面設計　王嵩賀

出版策劃　新銳文創
發 行 人　宋政坤
法律顧問　毛國樑　律師
製作發行　秀威資訊科技股份有限公司
114 台北市內湖區瑞光路76巷65號1樓
電話：+886-2-2796-3638　傳真：+886-2-2796-1377
服務信箱：service@showwe.com.tw
http://www.showwe.com.tw
郵政劃撥　19563868　戶名：秀威資訊科技股份有限公司
展售門市　國家書店【松江門市】
104 台北市中山區松江路209號1樓
電話：+886-2-2518-0207　傳真：+886-2-2518-0778
網路訂購　秀威網路書店：http://www.bodbooks.com.tw
國家網路書店：http://www.govbooks.com.tw

出版日期　2015年1月　BOD一版
定　　價　240元

國家圖書館出版品預行編目

第二者 / 潘壘著. -- 一版. -- 臺北市 : 新銳文創, 2015.01
面 ; 公分. -- (潘壘全集 ; PG1187)
BOD版
ISBN 978-986-5716-30-1 (平裝)

857.7 103018504

讀者回函卡

感謝您購買本書，為提升服務品質，請填妥以下資料，將讀者回函卡直接寄回或傳真本公司，收到您的寶貴意見後，我們會收藏記錄及檢討，謝謝！如您需要了解本公司最新出版書目、購書優惠或企劃活動，歡迎您上網查詢或下載相關資料：http:// www.showwe.com.tw

您購買的書名：________________________________

出生日期：________年________月________日

學歷：□高中（含）以下　□大專　□研究所（含）以上

職業：□製造業　□金融業　□資訊業　□軍警　□傳播業　□自由業
　　　□服務業　□公務員　□教職　□學生　□家管　□其它_____

購書地點：□網路書店　□實體書店　□書展　□郵購　□贈閱　□其他

您從何得知本書的消息？

□網路書店　□實體書店　□網路搜尋　□電子報　□書訊　□雜誌
□傳播媒體　□親友推薦　□網站推薦　□部落格　□其他__________

您對本書的評價：（請填代號　1.非常滿意　2.滿意　3.尚可　4.再改進）

封面設計____　版面編排____　內容____　文／譯筆____　價格____

讀完書後您覺得：

□很有收穫　□有收穫　□收穫不多　□沒收穫

對我們的建議：________________________________

____

____

____

請貼
郵票

11466
台北市內湖區瑞光路 76 巷 65 號 1 樓
秀威資訊科技股份有限公司 收
BOD 數位出版事業部

（請沿線對折寄回，謝謝！）

姓　　名：________________　年齡：________　性別：□女　□男

郵遞區號：□□□□□

地　　址：____

聯絡電話：(日) ________________ (夜) ________________

E-mail：____